竹取物语图典

日本古典名著图读书系

叶渭渠 主编
［日］无名氏 著
唐月梅 译

上海文化出版社

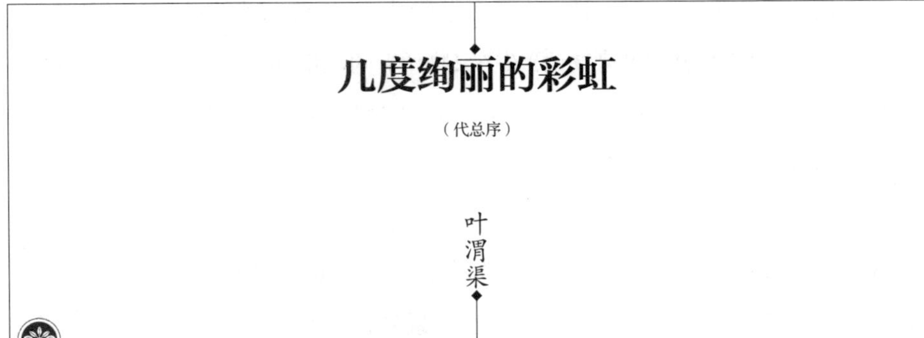

几度绚丽的彩虹

（代总序）

叶渭渠

彩虹是绚丽的。

日本古典名著图典的“绘卷”，就像几度绚丽的彩虹。

日本的所谓“绘卷”，是将从中国传入的“唐绘”日本化，成为“大和绘”的主体组成部分。11 世纪初诞生的《源氏物语》就已有谈论《竹取物语绘卷》和《伊势物语绘卷》的记载。换句话说，最早的“物语绘卷”此前已诞生了。它是由“绘画”（“大和绘”）和“词书”组成。丰富多彩的绘画，可以加深“物语”的文化底蕴，立体而形象地再现作家在文本中所追求的美的情愫。而“词书”则反映物语的本文，帮助在“绘卷”中了解物语文本。这样，既可以满足人们对文本的审美需求，也可以扩大审美的空间，让人们在图文并茂的“物语绘卷”中得到更大的愉悦，更多的享受，更丰富的美之宴。

我们编选的这五部古典名著图典的源泉，来自日本古典名著《枕草子》《源氏物语》《竹取物语》《伊势物语》《平家物语》所具有的日本美的特质。换言之，在这些物语或草子的“绘卷”中，自然也明显地体现了日本文学之美。

我们读这些“绘卷”——日本古典名著图典，不是可以重新燃起对《枕草子》《源氏物语》《竹取物语》《伊势物语》《平家物语》的热情和对这些古典的憧憬吗？不是也可以同样找到日本美的特质，触动日本美的魂灵，体味日本美的情愫吗？总之，我们像从日本古典名著中可以读到日本美一样，也同样可以从这些图典中发现日本美。

《枕草子图典》，内容丰富，涉及四季的节令、情趣，宫中的礼仪、佛事人事，都城的山水、花鸟、草木、日月星辰等自然景象，以及宫中主家各种人物形象，这些都在“绘卷”画师笔下生动地描绘了出来，使洗炼的美达到了极致，展现了《枕草子》所表现的宫廷生活之美、作者所憧憬的理想之美。

《源氏物语图典》，规模宏大，它不仅将各回的故事、主人公的微妙心理和人物相互间的纠葛，还有人物与自然的心灵交流，惟妙惟肖地表现在画面上，而且将《源氏物语》的“宿命轮回”思想和“物哀”精神融入绘画之中，将《源氏物语》文本审美的神髓出色地表现出来，颇具优美典雅的魅力与高度洗炼的艺术美。

《竹取物语图典》，在不同时代的“绘卷”中，共同展现了这部“物语文学”鼻祖的“伐竹”“化生”“求婚”“升天”“散花”等各个场面，联接天上与人间，跃动着各式人物，具现了一个构成物语中心画面的现实与幻梦交织的世界，一个幽玄美、幻想美的世界。

《伊势物语图典》，“绘卷”忠实地活现了物语中王朝贵族潇洒的恋爱故事，运用优雅的色与线，编织出一个又一个浪漫的梦，充溢着丰富的抒情性之美。“词书”的和歌，表达了人物爱恋的心境和人物感情的交流，富含余情与余韵。“绘画”配以“词书”，合奏出一曲又一曲日本古典美的交响。

《平家物语图典》，形式多样，有物语绘、屏风绘、隔扇绘、扇面绘等，场面壮观，以表现作为武士英雄象征的人物群像为主，描写自然景物为辅。它们继承传统“绘卷”的雅致风格，追求场景的动的变化和场面的壮伟，具有一种感动的力量，一种震撼的力量。

这五部古典名著图典一幅幅地展现了日本古典美的世界、古代日本人感情的世界、古代日本历史画卷的世界。观赏者可以从中得到人生与美的对照！可以从中诱发出对日本古代的历史想象和历史激情！

从这五部古典名著图典中，可以形象地观赏这几度彩虹的美，发现日本美的存在，得到至真至纯的美的享受！

contents

目录

导 读

唐月梅

日本古代散文文学最早出现的，是“物语”这个文学模式。所谓“物语”，从和文的“ものがたり”来说，是将发生的事向人们仔细讲说的意思。从文学文体来说，也就是说话文体。这是将说话文与和歌并列使用而创造出来的，《竹取物语》《伊势物语》的出现，便正式确立了物语这个日本古代文学的新体裁，推动着日本古代文学的变革和发展。

物语文学最先是分“传奇物语”与“歌物语”两类。“传奇物语”，如《竹取物语》，是对民间流传的故事进行加工和创造，增大其虚构性，赋予浪漫的色彩，并加以艺术的润色，提炼成比较完整的故事。“歌物语”，如《伊势物语》，则与中国的“本事诗”近似，和歌与散文结合，互为补充，叙说着世间的故事和人间的情感。这两类物语文学都是脱胎于本土或外来的神话故事和民间传说，形式都是由一个个相对独立又互相联系的短故事组合而成。这两类物语文学向独立的故事发展，经

庆长刻版本《竹取物语》(一)

原装刻版本《竹取物语》，于庆长年间（1596—1615年）刊行，图为该版本的封面。

庆长刻版本《竹取物语》(二)

庆长年间（1596—1615 年）刊行的刻版本《竹取物语》，图为该版本的文本开卷部分。

过以传奇为主的《竹取物语》、传奇与写实结合的《宇津保物语》，到写实的《落洼物语》，将物语长篇化，接着产生了长篇的虚构物语。《源氏物语》就是统合“虚构物语”与“歌物语”两者，以写实与浪漫手法虚构的故事与诗歌相结合构成的，拥有独自的文学想象力的空间，形成一种新的物语品种——创作物语，它是一种颇具规模的长篇小说形式，从而将日本古代物语文学推向最高峰。

这些物语文学的诞生，标志着日本散文文学拥有自己的独特形式、自己的规模和自己的特色，并且使古代的日本小说日臻成熟，日本古代文学也进入了一个新的更多样化的历史阶段。随着时代的变迁，“物语文学”不断发展，至近古，产生了历史物语、军记物语、说活物语等类型的“物语文学”。据日本学者考证，从平安时代至镰仓时代创作了二百部以上的“物语文学”作品，但现存仅约四十部。可以说，“物语文学”的出现，在日本小说发展史上具有划时期的意义。

《竹取物语》，又名《辉夜姬物语》，是最早的一部以散文为主，适当并列使用和歌的“物语文学”作品。

元禄版《竹取物语》

长尾平兵卫版《竹取物语》，于元禄五年（1692 年）刊行。文本所附插图为石上中纳言等人正在攀高取燕子的安产贝时的情形。

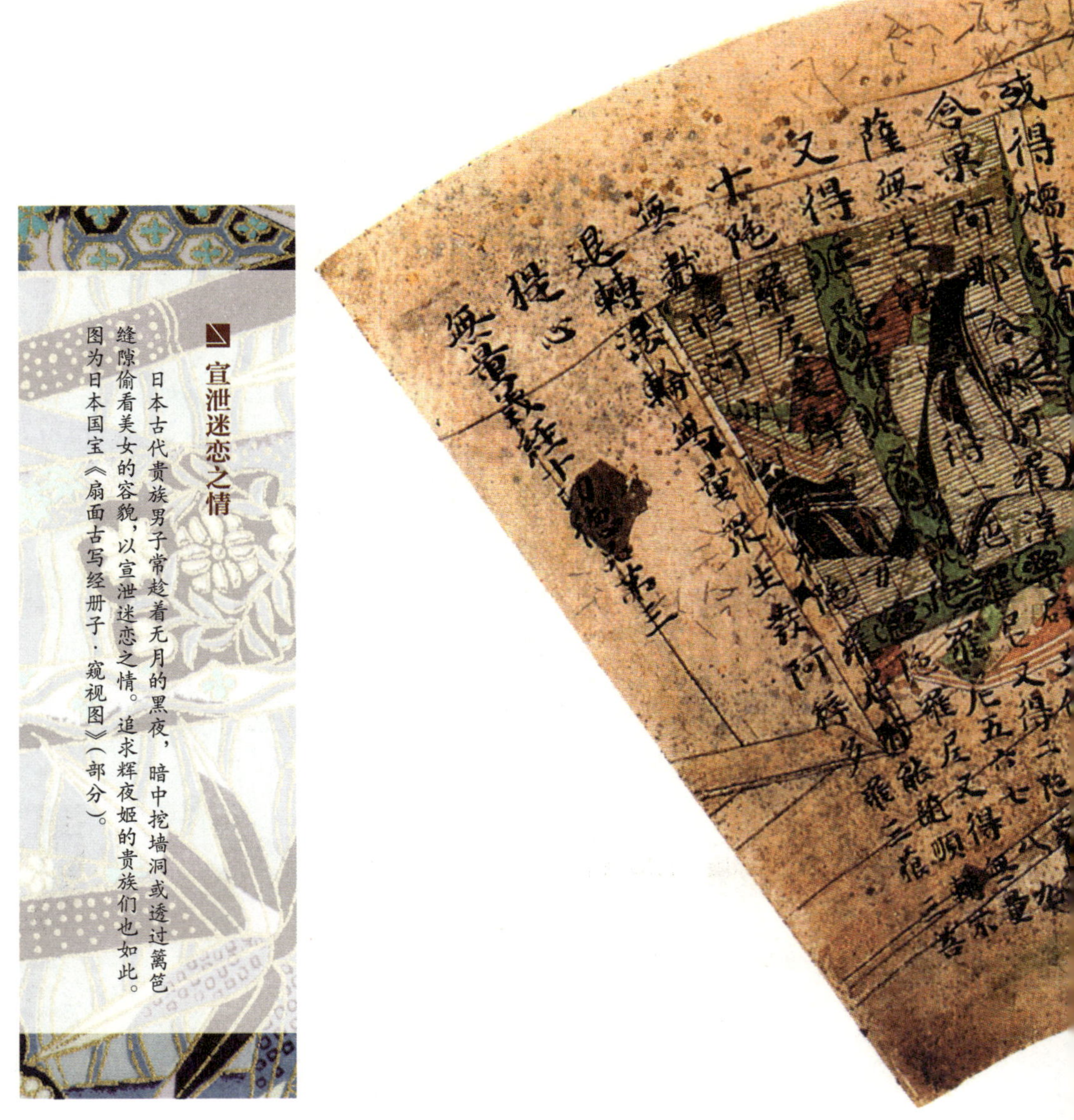

宣泄迷恋之情

日本古代贵族男子常趁着无月的黑夜，暗中挖墙洞或透过篱笆缝隙偷看美女的容貌，以宣泄迷恋之情。追求辉夜姬的贵族们也如此。

图为日本国宝《扇面古写经册子·窥视图》（部分）。

作者不详，多数学者推断是男性，认为作者精通佛学和中国古典文学，也很有才华。一说是遍照，平安时代六歌仙之一，俗名良岑宗贞；一说是源顺或源融。但这都是从作者的思维方式、文体表现到和歌的歌风来分析，带有一定的主观性，缺少文献学的论证方法，实难下一个符合客观史实的论断。

有的论者设想，这部物语并非由一名作者来创作，而是早已存在先行的说话原型，是口头传承向文字文学飞跃的产物。从现在流传下来的《竹取物语》版本来看，它是几经历朝人的修订、增补和诠释而成的。但从整体来说，仍保持着古代小说的风格，且是第一部用假名书写的古代小说，第一次实现了日本语言与文字的统一，对于其后古代散文文学的发展具有重大的意义。

透过对作品的审视，这部物语的作者具有这样的精神特征：首先，他摆脱其时的儒、佛理念框架，用独自的“自由眼”来观察人间，关爱人间。比如，他对人间关系的处理，不依从儒学道德；对理想的憧憬，不祈求佛法，而以月作为象征的理想。其次，他有着深厚的学识和知性的精神，并且积极吸纳大陆新的文明精神。再次，作者不受上古的“言灵信仰”的制约，尊重语言的自律性，采用训读调，以表达现实的真实。因此，此书问世距今已千余年，现在读来仍可以感受到作者的精神，反映出作者在那个时代的苦恼与矛盾。从这里，人们不是也可以推测作者的形象了吗？至少可以说，作者是个思想敏捷、文笔老辣、具有大学寮同等学识、对人间疾苦有深刻认识的男性知识分子。

日本文学史家加藤周一从文本的特征来考证作者身份：一是其文体采用汉字的假名来书写，其语汇有中国文学（包括佛典）的影响；二是其结构严谨、叙述简洁。故事富戏剧性，且不止是为了其本身的趣味才写局部的细部，而是把局部的细部置于整个结构中，使它同全体密切相关，必要时在充分的范围内加以叙述——这种抽象的合理精神，对9世纪的日本知识分子来说，只有通过彻底消化中国文化才能表现出来，作为土著思想的表现，恐怕是不可能的。就是说，可以认为《竹取物语》的作者，不仅会读汉文，而且大概精通中国古典文学。

《竹取物语》的成书年代，至今未详。有各种推测，一说上至弘仁年间(810–823年)，下至天历年间（947–959年)，相距一世纪之遥。根据《源氏物语》的记事，可以确定是在延喜以前，即9世纪上半叶至10世纪中叶成书。《源氏物语》作者紫式部在“赛画”一卷中就指出《竹取物语》是“物语的鼻祖”，说明这是一种新的文学的开始。紫式部还讲述了“这个古代故事与辉夜姬本人一样不朽。情节虽并无风趣，但其主角辉夜姬不染浊世尘垢，怀抱清高之志，终于升入月宫，足见宿缘匪浅”。并且多有评论，比如品评说：“辉夜姬投胎在竹筒之内，可知是身份低微之人”；“阿部御主人欲娶她，不惜千金买了一件火鼠裘，但忽然烧掉了，真乃乏味之至”；“车持皇子明知蓬莱山不可到达，假造一根玉枝来骗她，结果自已受辱，也可谓无聊之极”，等等，同时在“蓬生”“习字”这两回，也提及辉夜姬的故事，以及以“伐竹翁疼爱辉夜姬更甚，常恐她化阵青烟，从隙缝中消失”，来比喻“妹尼僧疼爱浮舟”。日本近古国学家本居宣长持此说法，认为“从延喜就已见这部作品”。一些学者还从《竹取物语》末尾写到“这山（指富士山）顶上吐出来的烟，直升云霄，至今不止”一句来考证。根据古文献《三代实录》记载，富士山喷火发生于贞观六年（865年)，所以推断成书一定是在此前后。关于成书年代，虽众说纷纭，但《竹取物语》是物语文学的嚆矢，则是无可争辩的史实。

而且，不仅在《源氏物语》中详细议论了《竹取物语》，还有在《大和物语》《宇津保物语》《荣华物语》《浜松中纳言物语》《夜半惊醒》《狭衣物语》《今昔物语》等一系列物语文学中，或者摄取伐竹翁或辉夜姬的素材，模仿求婚说话的形态，或者采用梦与转世的浪漫手法，描绘女主人公的苦恼心理，批判贵族社会的知识人，乃至《风叶和歌集》中的三首和歌，吟咏了有关辉夜姬的事。还有《海道记》《古

《竹取物语绘卷》的诞生（一）

在日本最早的长篇小说《源氏物语》的“赛画”一回中，就记载了《竹取物语绘卷》的存在，可见《竹取物语绘卷》是日本绘卷物的滥觞。图为《源氏物语绘卷·赛画》。

今和歌集序闻书三流抄》《古今和歌集大江广贞注》、谣曲《富士山》等，都或者提及恋富士烟的歌，所谓富士烟不绝、升天，乃是辉夜姬也；或者写到“烧不死药，其烟彻天”；或者变形为伐竹翁在竹林的莺巢中，取出的莺卵，生化为小女人的故事，等等，都在不同程度上受到《竹取物语》的影响。也可以说，这个美丽传奇的故事，是多么地拨动古时人们的心弦。

《竹取物语》的“竹取”，即伐竹之意。全书分十回，故事结构由“辉夜姬诞生”“求婚难题”“升天回月宫”三部分构成。这三部分结构，与传承说话都有直接或间接的联系，比如：“辉夜姬诞生”之与化生说话、致富老者说话；“求婚难题”之与求婚说话、求婚难题说话；“升

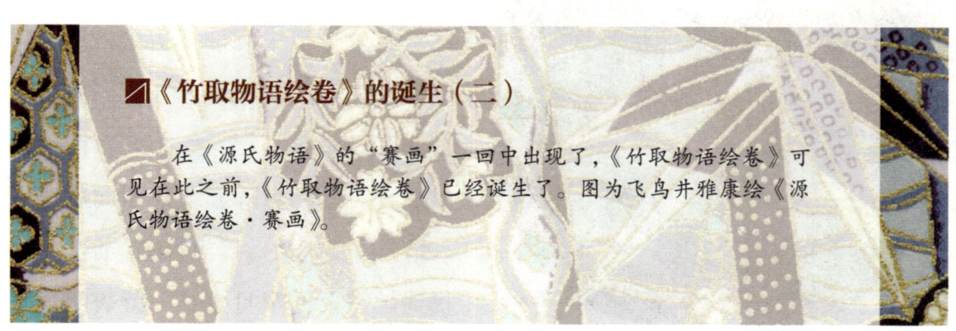

《竹取物语绘卷》的诞生（二）

在《源氏物语》的“赛画”一回中出现了，《竹取物语绘卷》可见在此之前，《竹取物语绘卷》已经诞生了。图为飞鸟井雅康绘《源氏物语绘卷·赛画》。

天回月宫”之与升天说话、地名起源说话等。在这些比较中，虽经过某些变形，但基本上可以发现这些结构，或多或少地存在着相关传说和说话的原型。尤其是“辉夜姬诞生”“升天回月宫”这两部分，是传承口头文学神话传说的部分。但是，占全书比重一半的“求婚与难题”这部分，则是不受传承说话原型的制约，而是利用传统的素材，通过生活的提炼，自由而充分地发挥作者的文学想象力创作出来的。作品的主题正是具体而集中地表现在这一部分里，它挖掘出作者潜藏着的深层意识，充分体现了作者新的创意，从而不仅开拓了前所未有的文学主题，而且开垦了前所未有的“物语文学”这片处女地。

《竹取物语》的故事，描述了伐竹翁在竹筒中发现一个三寸长的小人，带回家中，盛在竹篮里抚养。三个月后，三寸小人长大成一个姑娘，姿容艳美，老翁给她取名辉夜姬。从此，老翁伐竹，常常发现竹节中有许多黄金，不久便成了富翁。这时，石作皇子、车持皇子、右大臣阿部御主人、大纳言大伴御行、中纳言石上麻吕等五人热烈向辉夜姬求婚。辉夜姬故意提出难题：谁如果寻找到她需要的罕见宝物，就表明真正有诚意，自会许配给他。

这五个求婚者中，石作皇子声言去天竺取佛的石钵，实为在大和国某山寺制作出来的。车持皇子表示要远到筑紫国取神佛的玉枝，实为自己请工匠偷偷打造出来的。右大臣阿部御主人欲买中国的火鼠皮衣而不可得，以假的火鼠皮衣代替。大纳言大伴御行企图取龙首的珠玉而不得，自己的眼睛反而肿成两个李子般大。中纳言石上麻吕千方百计取燕子窝的安产贝，摸出来的是一堆燕子的陈年粪，且很不幸地摔了下来，折断了腰骨。他们五个人为了满足辉夜姬的要求而寻觅宝物，

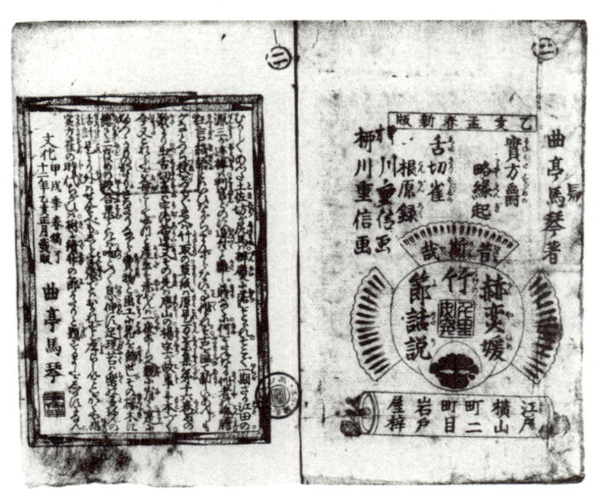

《赫奕媛竹节说话》插图

近世传奇小说作家曲亭马琴创作的《赫奕媛竹节说话》，也有《竹取物语》中竹节诞生三寸小美人故事的影子。图为《赫奕媛竹节说话》的插图，反映了升天的故事。此书刊于文化十二年（1815 年）。

有的冒险为之，有的采用欺骗手法，但是都落了空，还滑稽地出了种种丑态。这些紧张的对立情节和纠葛场面描写，产生了很好的戏剧效果。

之后，最高权力者——天皇也企图凭借权势，亲自上门逼婚，强迫辉夜姬入宫。在一个中秋之夜，天皇派出六大御林军来到伐竹翁家。伐竹翁劝辉夜姬入宫，辉夜姬严拒圣御，穿上天衣，升天回月宫去了。天皇命人将不死灵药放在最接近苍天的骏河国的山顶上，连同自己的赠歌“不能再会辉夜姬，不死灵药有何益”一起烧成了烟。从此,这座山被称为“不死山”,烟火至今不灭。日语“不死”二字与“富士”谐音，这可能是富士山名之由来吧。

从这个故事结构可以看出,《竹取物语》是由化生、求婚、升天三部分构成，结构严谨，故事生动。作者通过庸俗的求婚与机智的抗婚这条主要矛盾线索，突出了对金钱与权势的蔑视和抗争，以嘲弄、奚落、痛斥乃至抗争的方式，淋漓尽致地揭示了当时皇族官人乃至天皇的无知与虚伪，从客观上起到了一定的讽喻现实的作用。特别是作者以细致的笔触刻画了一个纯洁的少女形象，她充满了智慧和力量，并以此同这些上层贵族的愚昧与丑恶相对照，形成真善美与假丑恶的鲜明对比。尤以天皇派女官去求婚，伐竹翁劝说辉夜姬入宫，辉夜姬严词拒绝圣旨的描述，更是充分地表现了这一点。作者这样写道：

> 天皇令人将辇拉过来，企图把辉夜姬拉到辇中。说也奇怪，此时，辉夜姬的身影忽然消失了。天皇想：“期望落空，实在遗憾呀。”又想：“她果真如伐竹翁所说，并非一般凡人。”于是，说道：
>
> “那么，朕就不带你走了。你快快现身，让朕再看上一眼，然后朕就回去。”
>
> 于是，辉夜姬就现出了原形。

天皇越看越神魂颠倒，难以压抑住对她热烈的恋慕之情，然而却无可奈何。天皇感谢伐竹翁造麻吕让他看到了辉夜姬，高兴地褒奖了他。

于是，伐竹翁欣喜地举办了盛大的飨宴，招待天皇的随从百官。天皇留下辉夜姬，自行回宫去，心中实在恋恋不舍，深感遗憾，身虽离开，心却依然留在辉夜姬身边。他登上辇后，作歌一首赠辉夜姬，歌曰：

归辇空荡愁满怀，
只因姬君不理睬。

辉夜姬答歌，曰：

蓬门荜户乐长住，
琼楼玉宇不羡慕。

天皇看了这首歌，顿觉指望落空，越发不想回去。然而，又不容犯忌在外过夜，无可奈何，只好起驾回宫。

《梅若松若竹取物语》插图

世通俗小说作家山东京山创作的长篇合卷《梅若松若竹取物语》，也是取材于《竹取物语》的故事。图为《梅若松若竹取物语》十篇的封面，刊于天保九年至安政三年（1838—1856 年）。

这段生动的对比描述，表现了一个纯洁少女“富贵不淫，威武不屈”的高尚精神，同时也间接地反映了抗拒强暴的意志，以及“宁住茅舍不要玉宇”的争取美好自由的愿望。凡此等等，细腻地表现了这位少女的心理纠葛。尤其是在作者笔下，少女充满了对人间的爱，也不能忘怀人间对她的爱。她离别人间之时，还吐露自己悲痛的心情：“天心不许人意”，她是怀着“非常悔恨”“非常悲恸”之情，“升天回月宫”的。

从这里可以看出，小说的主人公辉夜姬本是天上的仙人，是神，但作者将她“人格化”，担当故事的中心人物，并塑造了一个至善至美的理想人物形象，将自己的感情完全移入这个人物中，并有分寸地把握这个人物的基本性格。作者不是以弱女的无力呻吟，来博取读者的眼泪和同情，而是描写了一个有血有肉和有灵魂的智者，在日常生活中机智地处理社会纷繁的人际关系，是很有现实意识的。这是作者费了很多笔墨将她作为现实人来加以塑造的。

《竹取物语》这个故事，带有民间传说性质，虽是虚构，但也不能否认它或多或少具有对现实生活的提炼成分，虽是口头文学，但却兼具叙事诗的特点。尤其是作者的爱憎的思想、意志和感情是鲜明的。这说明作者对贵族社会现实具有敏锐的观察力，作者也具有驾驭心理描写技巧的功力。可以说，这是新文学产生的根源。

同时，作者以“化生”“升天”作为开头与结尾，充分发挥了文学的想象力，扩展了艺术表现的空间。这可能是用“升天”的“洁净”和人间的繁杂来对照，

歌舞伎竹取物语剧照

至近代，《竹取物语》仍成日本文艺创作不朽的主题。图为在歌舞伎剧《竹取物语》中，中村歌右卫门五世饰演辉夜姬、市川段四郎二世饰演伐竹翁、中村芝鹤饰演老妪的剧照。明治十五年（1882 年）一月歌舞伎座上演。

对现实社会作冷静的观察，加入“求婚”一节的强烈比较，进行了一番冷嘲和热讽。从这里可以看出，在作者眼里，“天界”是“洁净”的，他以“天界”作为理想境界，作为人间憧憬和追求的象征世界，它与人间世界是绝对隔绝的两个不同的世界。于是，作者以“升天”的“洁净”与人间的“污浊”的对比，作为对现世的污浊的一种批判。“升天回月宫”的部分，采撷了超现实的素材，充满了古典的浪漫气息。“求婚难题”的部分，更贴近日常生活，颇含批判现实的意味，将古典的浪漫与写实两者结合，达到浑然相融的境地，给读者带来一种文学的感动。这是传承的说话世界无法带来的文学感动。由此看来，物语文学产生之初，就显示了它作为小说的生命力。

可以说，《竹取物语》无论从内容到创作方法，都是有别于先行的怪异说话世界，是一种全新的发现——浪漫与现实的结合。作者将人间的问题置于中心的地位，发挥自己丰富的文学想象力，自觉地加以虚构。它虽脱胎于怪异的说话世界，但作者发挥了自己的新的创意，拥有自己的思想、自己的意志和自己的感情，并且以其新的内容和新的方法，创造了一种新的文学形态——“物语文学”。紫式部将它作为“物语的鼻祖”而加以推崇，恐怕依据也在于此。

关于《竹取物语》，首先是源于与本土固有文学的密切联系。古来日本拥有在自己的风土上培育出来的丰富的神话和传说故事，《古事记》《日本书纪》《风土记》等就有许多传说故事和说话传承下来。比如，《丹后风土记》的“奈具社”中的天衣说话，就有仙女穿上天羽衣升天的故事；《近江风土记》的“伊香小江”

话剧《嫩竹》剧照

加藤道夫根据《竹取物语》的故事，创作了《嫩竹》（日语“嫩竹”含有美女之意）。图为尾上梅幸饰演辉夜姬的剧照。

中“搜取天羽衣，着而升天”的故事；汉文传奇《浦岛子传》中也有“浦岛子暂升云汉，而得长生，吉野女眇通上天而来且去”这样升天的描写。又比如，《竹取物语》与《万叶集》也有一定的因缘关系，卷16–3791首的传说歌，有伐竹翁偶逢神仙，觉得可爱又神奇，便与七仙女对歌的故事。因此可以说，作者是从中受到某种艺术的启迪和诱发，才演绎为这样一个传奇的故事。所以，在新的创作上，已具备着客观的精神文化条件。它的新的创造，无疑与日本民间传承有着血缘的关系，是立足于本土的根基上的。

其次，与中国文化有着密切的交流，不仅吸纳了佛教的欣求净土思想和道教的神仙思想，而且与中国民间传说也有明显的联系，比如《搜神记》《斑竹姑娘》《月姬》和《淮南子》中的“嫦娥奔月”等，也多有类比性可考证。一是从《斑竹姑娘》《月姬》两书的女主人公辉夜姬和斑竹、月姬都是从竹出生，以竹生化为女性的象征；二是在描写多名（有五名或三名者）男人向她们求婚时，她们都出难题，难倒对方，使对方的求婚落空。可以说，《竹取物语》无论在故事结构或思维方法上都与《斑竹姑娘》《月姬》十分雷同，尤其是所提出的难题，比如罕见的宝物天竺如来佛石钵、蓬莱玉枝、唐土火鼠裘、龙首五珠玉、燕子窝的安产贝，以及一些语汇，比如“不死之药”出于伽语等，源于汉籍佛典所见，尤其是与道家的神仙谭等，都有不少可比性；三是结局穿上天衣，升天回月宫去与《搜神记》穿鸟羽成鸟升天，以及《淮南子》“羿请不死之药于西王母，恒娥（即嫦娥）窃以奔月”，即羿请不死之药于西王母，未及服之，恒娥盗食之，得仙奔入月中的故事，也十分相仿。总之，《竹取物语》产生的重要因子是日中古代传奇文学精神文化的交流，这也说明了中日两国文学和文化交流的历史渊源。

特别是从《竹取物语》与《斑竹姑娘》的类比中，更可以看出它与中国古代文化和文学留下了难以消磨的历史联系的印痕。现就辉夜姬和斑竹姑娘两人的身世，尤其是两人向求婚者提出难题拒婚之事来比较：

《竹取物语》的“辉夜姬诞生”，是伐竹翁在伐竹时，发现竹筒中的亮光，走近细看，原来竹筒里有一个约三寸长的小人，便抱回家抚养，这便问世了辉夜姬；斑竹姑娘的出现，就是金沙江畔一户种竹的穷人家，把竹林当成性命一样培植，特别是对一枝楠竹，更照护得无微不至。那枝楠竹好像也通人性，长得特别清秀。但是祸事飞来了，地方土司来砍伐竹林。这户人家将无微不至照护的那枝楠竹抱回家去，竹筒里竟有一个漂亮的姑娘，这便是斑竹姑娘的出现。

《竹取物语》的“求婚难题”中，五个贵族，争着抢着向辉夜姬求婚，辉夜姬向他们提出难题，都把他们难住了；《斑竹姑娘》中，五个有钱有势的公子哥儿——土司的儿子、商人的儿子、官家的儿子、骄傲自大的少年、胆小而又喜欢吹牛的少年，仗着地位和权势，一个个争着向斑竹姑娘求婚，斑竹姑娘分别让他们找来打不破的金钟、打不碎的玉树、烧不烂的火鼠皮袍、取燕子窝里的金蛋、取海龙额的分水珠，就答应嫁给他们，可是他们不是取来假钟、碧玉树、鼠皮袍子来哄骗，就是取燕窝蛋时被雌燕啄破了眼珠跌下来摔死，或出海取龙珠，惹得海龙王发怒，找不到通往大陆的路径，永远流落在海外。

《竹取物语》的结局，是天皇依杖权力，向辉夜姬逼婚，辉夜姬虽没有提出难题，却以升天来抗拒，回月宫享“永生”之福；《斑竹姑娘》的结局则是在五个公子哥儿取宝失败后，斑竹姑娘和在金沙江畔种竹谋生的穷人家的儿子朗巴结成了夫妻，象征

穷人家族的延续与兴荣，庶民的爱与幸福。

从这些比较中可以看出，《竹取物语》中辉夜姬从竹筒中化生、求婚难题等故事的基本结构和具体的细节安排，都是取自《斑竹姑娘》，这是大同。小异者，是结局不同。《竹取物语》以辉夜姬离开人间，升天而永生来结束，而《斑竹姑娘》中的斑竹姑娘，仍留在人间，享受与穷人家儿子朗巴家庭生活的欢乐。尽管如此，升天而永生，也是缘于中国道教的传统观念。可以说，形式不同，其“永生”与延续兴荣一如也。

在文学史上，《竹取物语》占有一定的历史地位。首先，它具有神仙谭的本质要素，带着某种神奇性，又发挥了一定的文学想象力，显示了浓厚的浪漫主义色彩；其次，它具有严谨的结构，初步运用了文学的心理描写；再次，有一定现实生活的基础，不失具有某种历史真实性。比如，西乡信纲根据《日本书纪》“持统天皇十年冬十月条”考证，五个求婚者都不是完全架空的人物，而是有诸多历史人物原型的。而且其中三人在史书上确有真名实姓。由此可以说，《竹取物语》的故事尽管来自民间传说，但经过有意识的虚构，增加了生动的对话、细节的描写和心理的刻画，让想象在现实生活的基础上驰骋，尽管它多少还留有上古神仙谭、说话点缀的痕迹，人物性格描写也不够充分，但它第一次拥有了作为小说应具备的上述基本要素，在文学史上的意义是重大的。这些在此前的历史文学《古事记》《日本书纪》《风土记》又是不可能做到的。可以说，它既超越历史文学，又突破传统的韵文文学——和歌、汉诗先后一统文坛的主导地位，开拓了散文的新精神和小说的新体裁、新模式，成为古代日本新文学的出发点。从这个意义上说，它的“三新”，在日本文学史上是划时期的。

王朝时代，将物语绘画化，最早是从物语文学《竹取物语》和《伊势物语》开始，创作了“物语绘”。一般是由宫廷画师绘画、书家书写优美而文字简洁的

月兔文皿

月宫的传说故事，神奇而美丽，辉夜姬升天了，她像月宫中的兔子一样洁白无暇，一样美丽和可爱。她虽升天，但仍永留于人间的是作为人间憧憬和追求的象征世界、美的世界。

词书，这些词书反映了物语的本文，是帮助在“绘卷”中了解物语本文的。也就是说，词书是根据“物语”各段不同的内容而书写的，再配以丰富多彩的绘画，以加深“物语”的文化底蕴，立体而形象地再现作家在文体中所追求的美的情愫。这样，既可以满足人们对文本的审美需求，也可以扩大审美的空间，让人们在图文并茂的“物语绘卷”中得到更大的愉悦。所以，“物语绘”一诞生，就为后宫女性读者所喜爱。

最早的《竹取物语绘卷》问世年代不详。但是，在《源氏物语》“赛画”一回中这样记载：后宫评“物语绘”时，以《竹取物语绘卷》和《伊势物语绘卷》作比较，评说“这《竹取物语绘卷》是名画家巨势相览所绘，由名歌人纪贯之题字。用的纸是纸屋纸，用中国薄绫镶边。裱纸是紫红色，轴是紫檀木。这是寻常的装璜。”这说明《源氏物语》问世前，已经可见以《竹取物语》和《伊势物语》的故事内容为题材创作的“物语绘卷”，而且记录了绘画是由巨势相览制作，绘词是由纪贯之书写。由此推测，最早的《竹取物语绘卷》于10世纪中叶已经问世，但现已全部散佚。目前所藏的各种版本的《竹取物语绘卷》，大多是在17世纪后半叶以后制作的，仍保持古代绘卷华丽细密的风格。

辉夜姬成长史

从前有个伐竹翁，他常到山野里伐竹，拿来制成各种竹器。这伐竹翁名叫赞岐造麻吕。一天，他在竹林里发现有一根竹子在闪闪发光，他觉得很奇怪，于是走向前去，只见竹筒里发出亮光，再细看，原来是一个约莫三寸长的小美人栖身其间。于是，老翁说道："你住在我朝夕相见的竹子里，自然是我的孩子了。"说着，将这孩子捧在掌心上，带回家去。老翁将这孩子交给老妪抚养。孩子长得很美，不过个子娇小玲珑，只好将她养在篮子里。

自从发现了这孩子，伐竹翁每次去伐竹，都不断地发现竹筒里藏有黄金，于是伐竹翁就成了富翁。

这孩子在老妪的精心抚养下，很快地成长起来。三个月之后，已经变成一个亭亭玉立的姑娘。于是他们给她梳起了发髻，让她穿上了裙子。伐竹翁让这姑娘

化生（一）

一个三寸的小美人在竹筒里诞生，它以化生的动人故事，成为日本古代以来文学艺术创作的永恒主题，不仅问世了《竹取物语》这部物语文学的鼻祖，而且产生了许多不同类型的绘画、雕塑和戏剧等文艺作品。图为英一蝶绘《竹取物语》（约画于1711—1716年）。

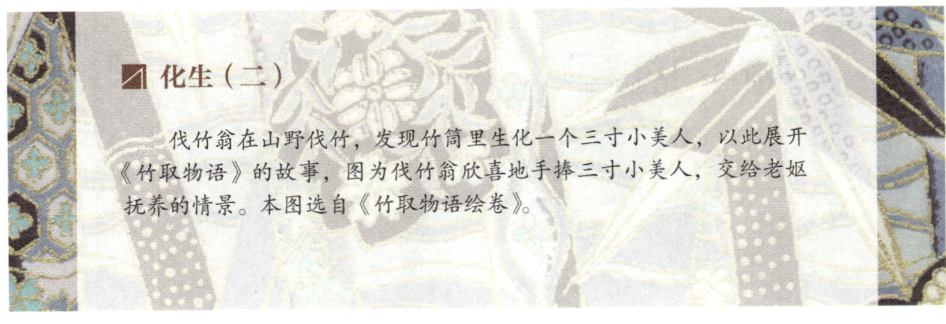

化生（二）

伐竹翁在山野伐竹，发现竹筒里生化一个三寸小美人，以此展开《竹取物语》的故事，图为伐竹翁欣喜地手捧三寸小美人，交给老妪抚养的情景。本图选自《竹取物语绘卷》。

住在深闺帷帐内，不让她出门，格外珍爱她。这姑娘的相貌异常标致，是世间无人可比的。而且，她的存在，使得屋子里无一暗处，充满了光辉。有时伐竹翁心情不好，烦闷苦恼，只要一看到这姑娘，苦闷、烦恼就顿时消失，有时遇事生气恼火，只要一看见她，心绪就会立即获得安慰而变得平和。

此后，伐竹翁依旧每天去伐竹，不断获得竹节里藏有的黄金，伐竹翁成了一个腰缠万贯的长者。姑娘渐渐长大，伐竹翁从御室户地方请来一个名叫斋部秋田的人来给姑娘起名字。秋田给姑娘取名叫“嫩竹辉夜姬”。伐竹翁为庆祝女儿取名，举行了三天的庆贺活动，诸如大摆筵席，表演各种歌舞、音乐。不分男女，都被邀请前来参加。

天下男子，无论富贵贫贱，耳闻此事，无不醉心和仰慕，都想设法娶得辉夜姬，或者哪怕一睹红颜也罢。住在辉夜姬家附近的人，乃至在她家隔壁的人，也难得窥见辉夜姬的容颜。这些人彻夜难眠，有的趁着无月之黑夜，出来游荡，暗中在女子家墙上挖洞窥视，以宣泄迷恋之情，聊以自慰。从此时起，人们管这种行为叫作“偷情”。

第一回

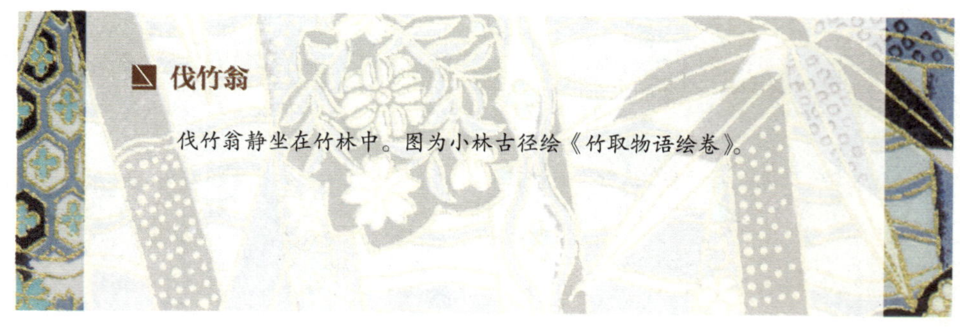

伐竹翁

伐竹翁静坐在竹林中。图为小林古径绘《竹取物语绘卷》。

求　婚

黑夜里，这些恋慕辉夜姬的男子，在没有人影的地方游荡，也毫无成效。充其量只能争取向她家人搭搭话，然而却没有人搭理他们。尽管如此，他们也不气馁，有的通宵达旦，有的从早到晚不停地徘徊，总是不愿离开这个地方。在这些愚蠢的人中，有的说：“在这里徘徊徒劳无益，算了吧。”于是，就不再来了。不过，

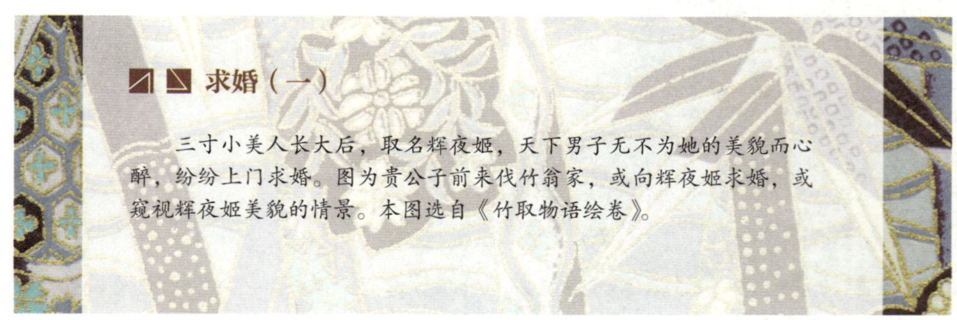

求婚（一）

三寸小美人长大后，取名辉夜姬，天下男子无不为她的美貌而心醉，纷纷上门求婚。图为贵公子前来伐竹翁家，或向辉夜姬求婚，或窥视辉夜姬美貌的情景。本图选自《竹取物语绘卷》。

其中有五个号称极其好色的人，依然恋心不死，夜以继日地不断前来造访。这五个人分别是：石作皇子、库持皇子、右大臣阿部御主人、大纳言大伴御行和中纳言石上麻吕。

这些人只要听见社会传闻哪里的女子貌美，即使仅略有姿色，他们都想立即一睹为快，何况听到辉夜姬的美名，更欲据为己有，就一味冥思苦想，连饭也不吃，就前往她家周边，或伫立或徘徊，但总是一无所获。即使写信送去，也无回音。又写首单思恋歌送去，也毫无反应。他们明知徒劳无功，却不死心，纵使十一月冷气袭人、腊月天寒地冻、六月酷暑难耐、乃至雷雨之时，也挡不住他们不断造访的脚步。

这些人一个个不时把伐竹翁请出来，向他叩拜，合掌恳求说：

“请把您的女儿嫁给我吧！”

伐竹翁只回答说：“她不是我亲生的女儿，我不能随意作主。”

不觉间又过了一些时光。在这种状态下，这些人回到自己家中，总是魂牵梦萦，于是求神拜佛，纷纷许愿，祈盼神佛保佑他们免于单思苦，可还是无济于事。他们转念又想：“伐竹翁尽管这样说，但是姑娘终归是要嫁人的呀。”于是，照旧到辉夜姬家附近徘徊，但愿她能怜恤自己对她的一片赤诚之心。

伐竹翁看到这般情形，曾对辉夜姬说：“我家最尊贵的孩子啊！你本是神佛转生的人，可否念在我尽心竭力抚养你的情分上，听我一句话？”

辉夜姬答道：“哟！瞧您说的，您说什么我都听。不过您说我是神佛转生的人，我一向都不知晓，我只知道您是我的亲生父亲。”

伐竹翁说：“那我太高兴了。”接着又说：“我现年七十有余，已是风烛残年、朝不保夕之身。有言道：男大当婚，女大当嫁，这是人间正道。惟其如此，方能家族繁荣。岂能不言婚嫁之事？”

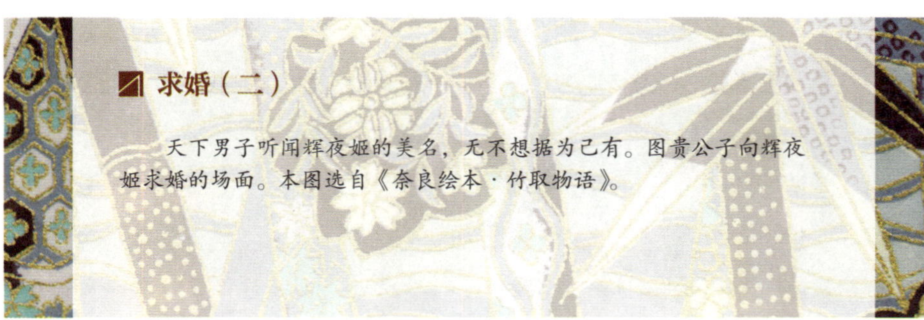

求婚（二）

天下男子听闻辉夜姬的美名，无不想据为己有。图贵公子向辉夜姬求婚的场面。本图选自《奈良绘本·竹取物语》。

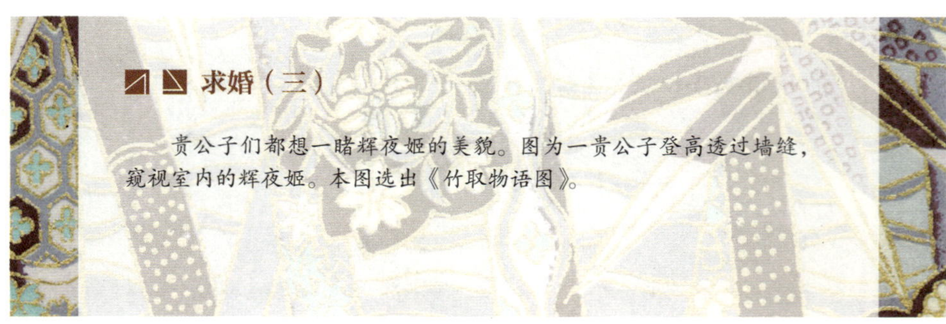

求婚（三）

贵公子们都想一睹辉夜姬的美貌。图为一贵公子登高透过墙缝，窥视室内的辉夜姬。本图选出《竹取物语图》。

辉夜姬答道：“为何要提婚嫁之事呢？”

伐竹翁说：“虽说你是神佛转生，但终究是个女子啊！我一息尚存，不提婚嫁之事也就罢了，万一我不在人世，如何是好呢？这些人长年累月不断来访，你可否从中挑选一人，与之定亲呢？”

辉夜姬答道：“这些人长相平庸，其内心也深不可测。万一是个轻浮之辈，贸然定亲，岂不后悔莫及。纵令是天下最高贵者，若不深刻了解其心，就断然不可与他定亲。”

伐竹翁说：“言之有理。那么你究竟要同怎样的人定亲呢？这些人都是真心实意地来向你求婚的啊。”

辉夜姬答道：“我并没有什么特殊的要求，只有一点小事要说，这些人对我的恋慕之情，同样都很深，很难从中判明孰优孰劣。缘此，我希望，这五人中谁能把我最想看到的物件找来，他就是心地最善良的真诚者，我就嫁给此人为妻。请您将此话转告他们吧。”

“这是个好主意。”伐竹翁也表示赞同。

第二回

高松冢古坟壁画

高松冢古坟的壁画上的男子像，一人残留有“石上麻吕”的名字，有人由此推测《竹取物语》中的贵公子之一人，取名“石上麻吕”，是否与此有什么历史联系？

五个难题——佛祖的石钵

日暮时分，那五个人都来了。他们有的吹笛，有的咏诗，有的唱歌，有的吹口哨，还有的用扇子打拍子。伐竹翁走出来对他们说：

“诸位大人，长年累月承蒙屈尊驾临蓬门荜户，实在不敢当。”接着又说：“我已对我家小女说：‘伐竹翁我已是来日不多之人，请仔细考虑，在你们五位大人中选定一位出嫁。’小女说：‘我无法判明孰优孰劣，谁对我情深意切，就看谁能为我找来我所想看到的物件，我就嫁给他。’我觉得这是个好主意，你们不至于埋怨我吧？”

这五位求婚者听了此言，都说：“是个好办法。”伐竹翁便走进内室，将此话转告辉夜姬。

辉夜姬说：“对石作皇子说，天竺有佛祖的石钵，叫他替我去取来。”

她又说：“对库持皇子说，东海有一个蓬莱山，山上有一棵树，树根是白银的，树干是黄金的，树上结着白玉的果实，叫他替我折一枝来。”

她接着说：“对另一位，叫他将中国的火鼠裘给我取来。对大伴大纳言呢，叫他将龙首上光芒四射的五色珠取来给我。对石上中纳言，则叫他把燕子的安产贝［民间传说手握此种贝就能安产］取一个来给我。”

伐竹翁说：“这些都是难题啊！这些物件皆非国内所有，如此困难之事，叫我如何向他们转达呢？”

辉夜姬说：“这有何难啊？”

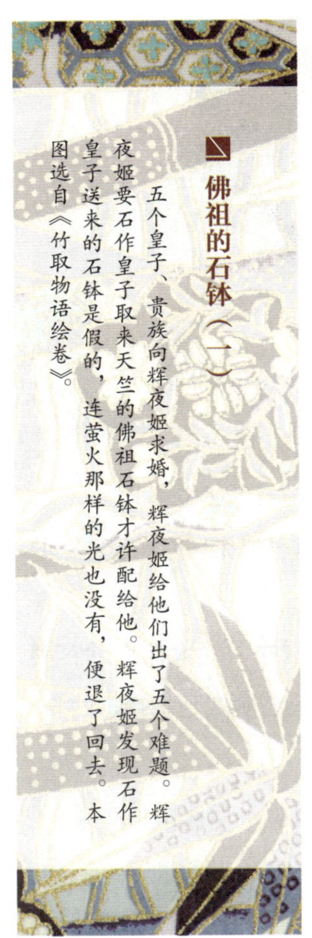

佛祖的石钵（一）

五个皇子、贵族向辉夜姬求婚，辉夜姬给他们出了五个难题。辉夜姬要石作皇子取来天竺的佛祖石钵才许配给他。辉夜姬发现石作皇子送来的石钵是假的，连萤火那样的光也没有，便退了回去。本图选自《竹取物语绘卷》。

伐竹翁说："不管怎样，我去说就是了。"

于是，伐竹翁走出来对众人如实转告后说："情况就是这样，请按小女所说的去取来吧。"

皇子们、达官贵人们听了纷纷说："出这般难题，为何不直接说'请你们不要在这附近徘徊了呢'。"说着，大家神情沮丧地各自回家了。

尽管如此，他们回家后，总觉得娶不到辉夜姬，活在世间太没意思了。这五人中的石作皇子是个深谋远虑的人，他反复思考："石钵既然在天竺，总不会拿不到的。"可是转念又想："即使跋涉千山万水，行万里路，又怎样才能拿到那天竺独一无二的石钵呢？"于是，有一天，他到辉夜姬那里通报说：

"今天我起程到天竺去取石钵了。"

过了三年，他走到大和国十市郡某山寺里，把供奉在宾头庐［十六罗汉之一］尊像前的、已被油烟熏黑了的石钵取了来，装在锦囊里，上面插了一枝人造花，拿到辉夜姬家让她看。辉夜姬觉得奇怪，拿了过来，只见石钵里有一封信，展开阅读，却是一首歌：

千山万水竭尽心，
取来石钵血泪淌。

辉夜姬看看那石钵有没有发光，可是连萤火那样的光也没有。于是，她答歌曰：

石钵微光都不闪，
莫非取自小仓山［日语仓字与暗字谐音］。

佛祖的石钵（二）

石作皇子随便取来一只假石钵，插上一枝人造花，送到辉夜姬家里。辉夜姬发现是假的，便退了回去。石作皇子将石钵留在这家门边，附歌叹曰："纵令弃钵不惜追。"图为石作皇子送石钵和人造花。本图选自《伐竹翁并辉夜姬绘卷物》（部分）。

辉夜姬将这石钵交还他。石作皇子把石钵扔到门边，答歌曰：

面对美人失光辉，
纵令弃钵不惜追。

他将这歌送给辉夜姬，但辉夜姬不再作答歌，也不听石作皇子作辩解。石作皇子只好回家去了。

他虽然扔掉了那只石钵，但还是很不甘心，总想有朝一日还会有求爱的机缘。此后，人们把做这种没面子的事称为“弃钵”［日语“钵”字与“耻”字谐音］。

第三回

蓬莱的玉枝

库持皇子是个有心计、有策略的人。他向朝廷请假，说是要到筑紫国［今九州地方］沐浴温泉治病，其实是来到辉夜姬家，让辉夜姬家仆役转告说："我现在就动身将玉枝取来。"

库持皇子撂下话后，起程赴筑紫国，他属下的人都到难波港来送行。库持皇子对他们说："我此行是很秘密的。"因此并不多带随从，只带几个贴身侍者就出发了。送行的人待他远去后便返回京城。人们都以为他"赴筑紫国了"。殊不知

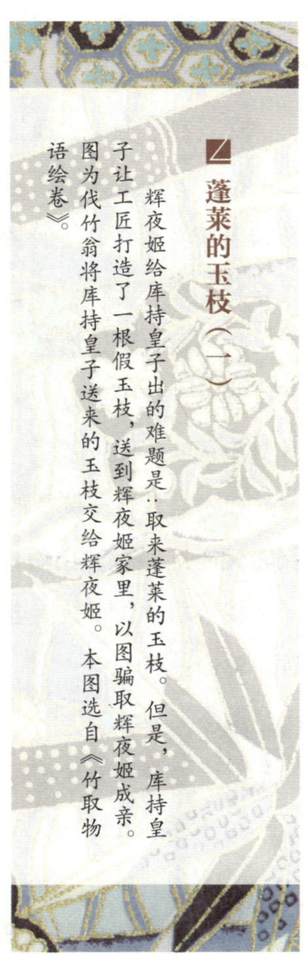

蓬莱的玉枝（一）

辉夜姬给库持皇子出的难题是：取来蓬莱的玉枝。但是，库持皇子让工匠打造了一根假玉枝，送到辉夜姬家里，以图骗取辉夜姬成亲。图为伐竹翁将库持皇子送来的玉枝交给辉夜姬。本图选自《竹取物语绘卷》。

三天后，库持皇子的船又折回到难波港来。

库持皇子处心积虑早已布置停当，招徕六个当时技术一流的冶炼工匠，找一处人迹稀少的地方，建造一座门户森严的房子，修筑一个三层的冶炼炉，让工匠们住在里面。库持皇子本人也蜗居其中。他还把自己拥有领地内的十六处庄园，捐献给神佛，祈求神佛接济，助他们制作玉枝。制作成的这玉枝，竟与辉夜姬所要求的丝毫无别。

库持皇子的这项策略的确非常高明。他拿着玉枝悄悄地来到了难波港。

库持皇子派人去通知其府上，他乘船回来了，并装出一副长途跋涉、疲劳不堪的样子。许多人前来迎接他。库持皇子将玉枝装在一个长方形的盒子里，上面覆盖着绫罗锦缎，手持着它走上岸来。熙熙攘攘的人群纷纷说："库持皇子拿着优昙花［佛典所载的一种想象的植物，据说三千年开一次花，是一种想象的灵花］上京城去了。"

辉夜姬听到这消息，心想："我完全输给这皇子了。"不禁忧伤得心碎了。

顷刻，就听见有人来敲门。家人告知："库持皇子来了。"又说："他还是穿着一身旅行的装扮来了。"

照例是伐竹翁接待他。库持皇子说："我几乎舍弃了性命，终于取得了这玉枝。"接着又说："请你拿给辉夜姬看吧！"

伐竹翁拿着玉枝走进内室，交给辉夜姬。玉枝上附有一封信，信中写了一首歌，歌曰：

粉身碎骨甘顺随，
不折玉枝誓不归。

辉夜姬读了，没有露出丝毫感动的神色。伐竹翁便走近说道："你叫这位皇子去取蓬莱的玉枝，他不折不扣地取来了，现在还有什么理由可以搪塞过去呢？皇子还穿着一身行装，连家也没有回就直接到这里来了。你快些出去与皇子会面，把婚约定下来吧。”

辉夜姬听了，缄默不语，只是用一只手支着面颊，深深地叹息。她陷入了沉思。

这位皇子说：“如今再也找不到什么遁辞了吧。”话音刚落，就跨步踏上廊道。这种不礼貌的举止，伐竹翁本应加以制止，但事已至此，也就容忍了。于是，伐竹翁对辉夜姬说道：“这玉枝是我们日本国内所没有的。现在你无论如何也不能拒绝他了。何况这位皇子的人品也是很卓越的呢。”

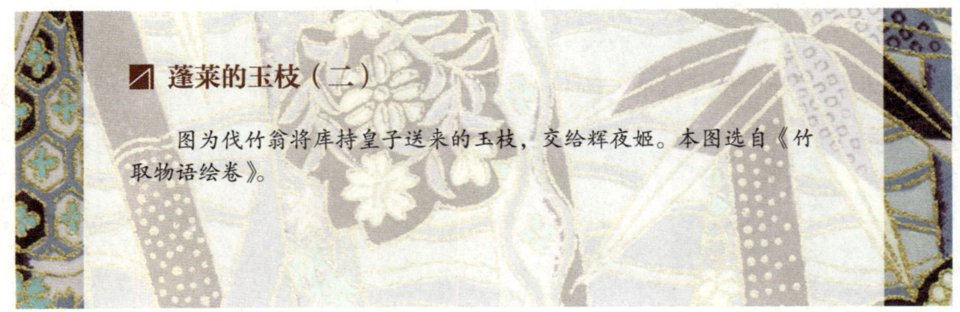

蓬莱的玉枝（二）

图为伐竹翁将库持皇子送来的玉枝，交给辉夜姬。本图选自《竹取物语绘卷》。

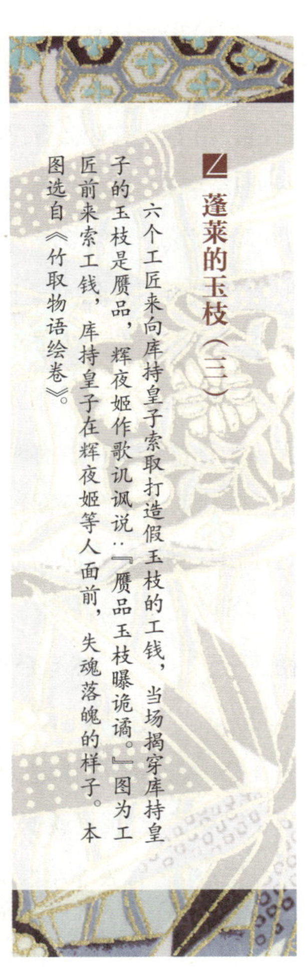

蓬莱的玉枝（三）

六个工匠来向库持皇子索取打造假玉枝的工钱，当场揭穿库持皇子的玉枝是赝品，辉夜姬作歌讥讽说：『赝品玉枝曝诡谲。』图为工匠前来索工钱，库持皇子在辉夜姬等人面前，失魂落魄的样子。本图选自《竹取物语绘卷》。

辉夜姬听后，回答道：“我一味不听父亲的话，确实很抱歉。”她想：我故意把难以取到的东西，叫库持皇子去取，万没想到他竟然取来了，真令人悔恨。伐竹翁只顾忙着布置新房。

伐竹翁对库持皇子说：“这棵树究竟在什么地方生长？实在珍奇瑰丽，是富贵之物啊！”

库持皇子回答说：“那是大前年二月十日前后的事了，我自难波港乘船启航出海，船到海上，究竟要朝哪个方向行驶，心中无底，着实不安。但我想：不达目的，活着还有什么意思呢。于是，我的船就随风漂泊。心想：倘若死了也无奈，只要还活着，总会找到这座蓬莱山的。这船在海上漂流了很多时日，终于离开了我国的领域，航行到外洋去了。有时波涛汹涌，这船似乎要沉没到海底去了。有时被风刮到不知名的国土，出现像魔鬼一般的怪物，我险些没被他们杀死呢。有时全然迷失方向，成了海上的迷途者。有时粮食断绝，只好拿草根来充饥。有时出现一些妖怪，要吞噬我们。有时我们采集海贝来当饭吃，维持生命。在旅途中无人救助的情况下，有时患各种病痛，就只好听天由命了。我们任凭船只在海上漂流，到了第五百天的上午辰时，忽然隐约望见海上远处有座山。我从船上眺望，这座山仿佛漂浮在海面上，又大又高，山的形状非常美丽。我想：这大概就是我所寻找的山了。我欣喜万分，同时也十分害怕，遂让行船沿山环绕一周，观察了两三天。一天，忽然有个天仙装扮的仙女，从山里出来，手持一只银碗，前来汲水。于是，我们便离船登岸，向这女子探询：‘这座山叫什么名字？’女子回答说：‘这是蓬莱山。’我听了简直欣喜若狂。再问这女子：‘请教尊芳名？’女子答道：‘我叫宇冠璃。’说罢，就飘然而去。

“这座山看来非常险峻，简直无法攀登。我绕山步行，看见了许多人世间看不到的奇花异木。黄金色、白银色、琉璃色的流水，从山涧流了出来。小川上架

着用各式各样的宝玉造成的桥，那附近的树木都闪烁着金光。我就从中折下一枝。这一枝其实并不特别美，但与辉夜姬所要求的十分吻合。我就折了一枝拿回来了。

“这山色美轮美奂，简直是人世间无与伦比的。不过，我既已取得此玉枝，就无意久留，旋即乘船回来了。归途顺风，行船四百多天就抵达故土。这可能是我向神佛许下大愿，神灵保佑应验了吧。我于昨日自难波港回到京城来，还没有换下被潮水濡湿的衣裳，就前来造访了。”

伐竹翁听了这番话，不胜感动，咏歌赞叹道：

代代伐竹山野中，
未曾经历此惶恐。

库持皇子听了说道：“我长期以来惆怅的心，今天才得以安定了下来。”接着答歌曰：

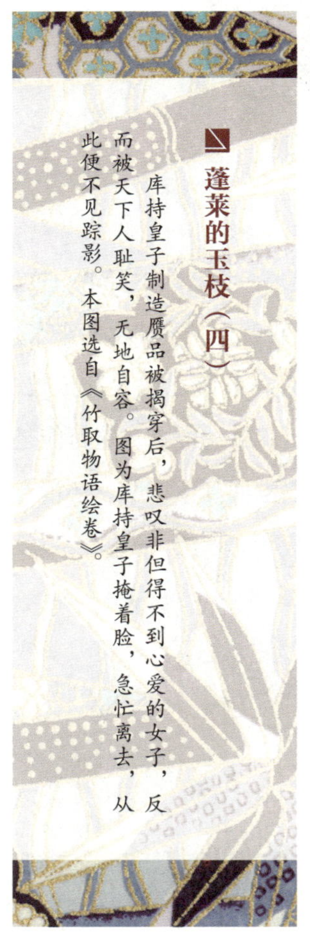

蓬莱的玉枝（四）

库持皇子制造赝品被揭穿后，悲叹非但得不到心爱的女子，反而被天下人耻笑，无地自容。图为库持皇子掩着脸，急忙离去，从此便不见踪影。本图选自《竹取物语绘卷》。

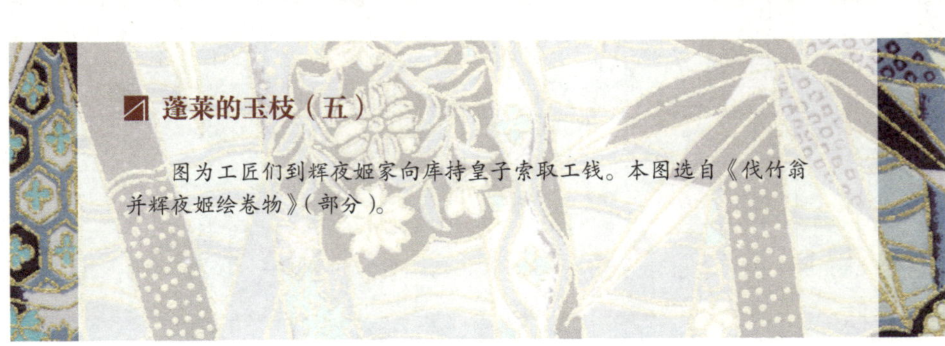

蓬莱的玉枝（五）

图为工匠们到辉夜姬家向库持皇子索取工钱。本图选自《伐竹翁并辉夜姬绘卷物》（部分）。

苦恋漫长泪千行，
今日难得免惆怅。

眼看库持皇子的计谋行将大功告成之时，忽然有六个男子成群结队地走进辉夜姬家的庭院里来。其中有一人手举一根棍子，棍缝里夹着一张请愿文书。该男子申诉说：

“工艺官署工匠汉部内麻吕陈情：我等六人为了制造玉枝，断绝五谷以示诚恳祈求神佛救济，制成玉枝，这样历时千余日，饱受千辛万苦，竭尽全力，超群卓绝，却不曾得到一文工钱。务请立即付给，以便分配果腹。”

说着将请愿书呈上。伐竹翁歪着脑袋，问道：“这些工匠说的，究竟是怎么一回事？”库持皇子吓得魂飞魄散，无言以对。辉夜姬听到了，说道：“请把他们的请愿文书给我看看。”只见文书上写道：

“皇子与我等卑贱工匠共同隐居一处，达千日之久，命我等制造精美的玉枝。当时承蒙允诺，制成之后，不仅支付酬劳，还会赐予官爵。我等仔细思量：‘此乃即将成为皇子之御夫人辉夜姬所需之物。’我等应向此处领赏，盼予惠赐为感。”

辉夜姬正为日暮后将被迫嫁给皇子之事而神情颓丧，但看了此请愿文

蓬莱山传说

蓬莱山是中国古代神仙传说的三仙山之一，位于山东半岛的海上，传说那里居住着不老不死的仙人。《竹取物语》中的蓬莱玉枝，与这个传说也是有着一定的联系。图为泥金漆盒蓬莱山。

书，蓦地笑逐颜开，便请伐竹翁进来，对他说道："我原以为这真的是蓬莱的玉枝，正忧心忡忡，却原来这玉枝是假的，赶紧退还他！"

伐竹翁听了，答道："这显然是人工制造出来的东西，应该退还他，让他立即走人！"

辉夜姬的心情顿时开朗，便作歌一首，答库持皇子：

花言巧语设骗局。
赝品玉枝曝诡谲。

说着，将答歌连同玉枝赝品一并退还给库持皇子了。

伐竹翁与库持皇子本来谈得很投缘，现在神情沮丧，只得佯装瞌睡。库持皇子坐立不安，十分尴尬，只好难为情地硬等到傍黑时分，才从辉夜姬家悄悄地溜走。

辉夜姬把前来请愿的六个工匠叫了进来，对他们说："你们前来救急，令人高兴啊！"说着，给了他们许多钱。工匠们无比欣喜，说："今天真是如愿以偿了！"

工匠们回家途中，不料竟被库持皇子派来的人殴打得头破血流，钱财也都被抢光，只顾四处逃命。

却说，库持皇子悲叹："我今生的耻辱，莫过于此啊。我非但得不到心爱的女子，反而被天下人耻笑。"于是，独自一人逃到深山去。他的家臣们带着众人四处寻找，终不见踪影，大概已经死了。

估计库持皇子的心情是：无颜再见他的朋辈，即使在他的家臣面前，也觉得可耻，因此只好销声匿迹。此后，世人把这种状况称作"失魂"。

火鼠裘

右大臣阿部御主人，家境富裕，家族繁荣，他给这年来自中国的贸易船上一个名叫王庆的人，写了一封信，托他买一件火鼠裘。他在侍从中挑选一个精明能干的人，名叫小野房守的，让他把信送给王庆。小野房守带着信和货款来到博多，搭上中国贸易船，来到王庆的住处，呈上一封信和一笔货款。王庆阅信后，作书答复如下：

“火鼠裘，我国并无此物，虽然我曾听说过此名，至今却未曾见过。如果世间确有此物，则必会带到我国来。阁下嘱托，乃是一桩难之又难的交易。不过，倘若天竺偶尔有此物舶来我国，鄙人倒可向我国一些商家长者打探，或许可借助他们之相助而获得。如果世间绝无此物，则所付货款，自当交来人如数奉还。专此奉复。”

这期间，王庆一如信中所提，四处探询。不觉间已过三年，王庆的船又来到日本博多。阿部御主人听说小野房守已回到日本，即将返回京城，就迫不及待地

派人快马加鞭前去迎接。小野房守骑上马，从竹紫起程赶路，只花了七天就赶到京城。他带来一封信，信中写道：

“火鼠裘，我曾派人四处寻觅。据说此物在现世、或在古代，都是难得一见的稀罕物。但闻昔日有天竺圣僧持来中国，保存于遥远的西山寺中。我向朝廷申请，借助朝廷的力量，好不容易才买到手。我派人前去购买时，地方官员说：此款不够。当即由王庆来补足，终于才买到。垫付黄金五十两，请即赐还，托中国贸易船送来。如果不愿付出此款，则请将火鼠裘送还为荷。”

阿部御主人阅信后，说道：“不必担心，区区款项自当奉还。王庆为我设法弄到此裘，我太高兴了。”说着向中国贸易船的人，叩拜致谢。

装着火鼠裘的盒子上，镶嵌着各式各样瑰丽的珠宝珐琅。火鼠裘是深蓝色的，裘毛的尖端闪烁着金黄色的光辉。一看就是一件无与伦比的瑰宝。岂止火烧不坏，其华丽也是举世无双的。

阿部御主人看见这火鼠裘，不禁叹道：“果然不错，难怪辉夜姬喜欢此物啊！”又说：“真是可庆可贺呀。”说着就把火鼠裘放入盒子里，盒子装饰以花枝。他自己则精心地打扮一番，心想：“今夜将作为女婿在辉夜姬家泊宿了。”于是便附上一首歌，连同火鼠裘一起送去，歌曰：

恋情似火烧心坎，
常年热泪今始干。

阿部御主人带着火鼠裘来到辉夜姬家门前。伐竹翁走了出来，接过火鼠裘，然后拿进去给辉夜姬看。辉夜姬看了火鼠裘，说：

“这火鼠裘多么漂亮啊！不过，是不是真的火鼠裘，尚未可知呢。”

火鼠裘（一）

阿部右大臣闻知昔日天竺的火鼠裘保存在中国，便通过小野房守，托中国贸易船的人去寻得此裘。辉夜姬让伐竹翁放在火中烧，以辨其真伪。结果火烧此裘成灰烬。这样，阿部右大臣求婚的希望也落空了。图为右大臣向身穿唐服的中国商人购得火鼠裘时的情景。本图选自《竹取物语绘卷》。

伐竹翁答道："不管怎么说，首先得把大臣阿部御主人请进来。这是世间罕见的火鼠裘，你应该相信它是真的。总是过分地怀疑别人，是不行的呀。"

说着就出去请阿部御主人进来。伐竹翁心想："既然把人家请了进来，这回肯定能成婚了。"连老妪心中也这么想。伐竹翁是为了辉夜姬的独身没有嫁人而哀叹，所以总希望找到一个好男子，让她成亲。这也是老妪的期盼。无奈这个姑娘总是不肯，伐竹翁也不能勉强她。

辉夜姬对伐竹翁说："请把这件火鼠裘放在火中烧吧，如果烧不坏，那才是真的火鼠裘，那我就遵命嫁给他。您说它是世间无有之物，您确信它是真的，那么就把它烧烧看是否是真的。"

伐竹翁说："言之有理。"于是，他将辉夜姬的话转告了大臣阿部御主人。

大臣说："这件火鼠裘，在中国境内也没有，我千方百计好不容易才寻找到的，还有什么可怀疑的呢？"又说："你们既然这样说，那就赶紧

拿来烧烧看吧。”

大臣说着就将火鼠裘放进火里烧，顿时劈啪作响，一会儿就全部化为灰烬。

辉夜姬说：“请看！足见这是一件假的火鼠裘。”

大臣阿部御主人看到这情景，脸色刷青，就像草叶的颜色一般。辉夜姬欣喜地说：“我太高兴了。”遂作了一首答歌，放在空了的裘盒子里，退还给阿部御主人。歌曰：

火烧此裘成灰烬，
何需费心携赝品。

这样，大臣希望落空，黯然神伤地回到家里去了。世间的人们纷纷传闻，一人问：“听说阿部大臣携带火鼠裘来，就同辉夜姬成亲，住在这宅邸里了。”一人回答说：“哪里呀，那件火鼠裘放在火里一烧，劈里啪啦地化成了灰烬。因此，辉夜姬就没有与他成亲。”此事都传开了，从此人们把这种徒劳而无效的事，就叫作“阿部无效”。

第五回

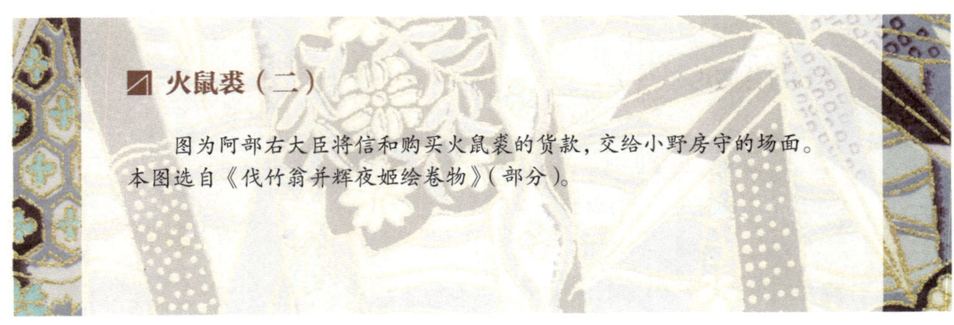

火鼠裘（二）

图为阿部右大臣将信和购买火鼠裘的货款，交给小野房守的场面。本图选自《伐竹翁并辉夜姬绘卷物》（部分）。

龙首明珠

且说，大伴御行大纳言把家中所有的人都召集来，对他们说："据说龙首上有一颗发出五色光辉的明珠。谁若能取到这颗明珠献上来，他想要什么我就给他什么。"

听了此话的男人们，就你一言我一语地叫苦说："我家主人这一命令着实可喜可庆，不过，这种明珠恐怕不是轻易就能取到手的宝物，何况是龙首上的明珠，如何能取来呢。"

大纳言说道："为人家臣者，为了了却主人的愿望，哪怕牺牲性命都应在所不辞，这是家臣的本分。何况龙这种动物，并非我国没有，而只特产于中国、天竺。我国的山上海里，也常有龙自天而降，飞上飞下的。你们怎么说是难事呢，究竟是怎么打算？"

家臣们答道："既然如此，那就不能不做，再怎么困难，我们也要遵命克服困难去寻觅。"

大纳言看看大家的神情，情绪好了些，高兴地说："你们是我大伴家的家臣，名声在外，岂有违背主君命令之理。"

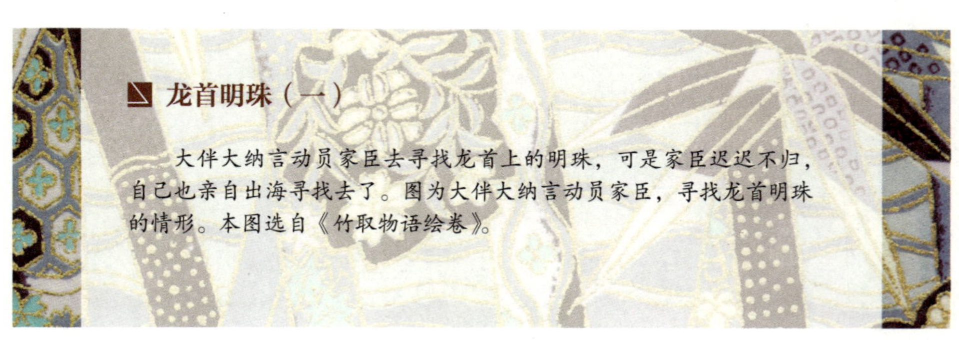

龙首明珠（一）

大伴大纳言动员家臣去寻找龙首上的明珠，可是家臣迟迟不归，自己也亲自出海寻找去了。图为大伴大纳言动员家臣，寻找龙首明珠的情形。本图选自《竹取物语绘卷》。

于是，家臣们纷纷出门，四处寻觅龙首明珠。大纳言罄尽家中所有诸如绢、丝绵、钱财等，分发给家臣们，作为他们的食用盘缠，还对他们说：“你们出门之后，我天天吃斋念佛，直到你们回来。取不到龙首明珠，就别回来见我。”

家臣们接受了主人的嘱托后，纷纷退出，一个个满腹怨气地说：

“主人说：‘取不到龙首明珠，就别回来见我’，可是这种世间少有的宝物，上何处去找啊！”

有的说：“实在是叫人无计可施嘛！”

于是，他们把主人赐给的物件钱财，彼此瓜分后，各散西东，有的回老家潜藏起来，有的就去自己想去的地方。

家臣们一个个背着主人大纳言，咒骂道："不论是爹娘，还是主君，如此信口雌黄，叫我们如何听命。"

大纳言全然不了解实情，只顾说："不能让辉夜姬居住在不像样的房子里！"于是，兴建了富丽堂皇的房屋，室内四壁刷漆、涂泥金画，房顶上也用五彩带加以装饰，呈现一派五彩缤纷，而且每个房间里都张挂着其美无比的、在斜纹缎绘

龙首明珠（二）

大伴大纳言找不到龙珠，还惹怒了龙神，掀起大风大浪，将船儿吹刮到播磨国的海边，大纳言本人也感受了风寒，腹部肿胀，双眼肿得活像两颗李子。图为骑马而来的播磨守，看见大伴大纳言病倒的模样，都忍俊不禁。本图选自《竹取物语绘卷》。

制的绘画。他本人还将原配妻妾等都休了，一心只为准备迎娶辉夜姬而独自日夜奔忙。

且说，大纳言派去寻觅龙首明珠的家臣们，完全不顾主人日夜的期盼。转眼间，年关已过，觅珠者却杳无音信。大纳言焦灼万分，遂悄悄带上两个随身侍从，微服出行，来到难波港。他向一个船夫问道：

“你有没有听说大伴大纳言家的家臣们乘船去杀龙，取龙首明珠的事呢？”

船夫笑着回答说：“这话好奇怪呀！哪会有什么船出海去做这种事。”

大纳言听罢，心想：“真是一帮不了解真情的船老大呀，他们又怎会知道我大伴家的强大，所以才口出此言。”又想：“我们的弓箭多么强劲有力，只要有龙，一箭就能将它射杀，再取其龙首明珠。这些家臣迟迟不归，实在让我等得不耐烦了。”于是，乘船出海，四处巡游，越走越远，不觉来到了筑紫的海面上。

这时，不知怎的，骤然间刮起一阵大风暴来，天昏地黑，这艘船被强风吹刮，全然不知究竟会被刮到何处。船儿在海面上荡来荡去，几乎沉没。大浪猛烈地撞击着船身，电闪雷鸣，连大纳言自己也心慌意乱起来，手足无措了。他叹息道：“我平生从未曾吃过这样的苦头，不知究竟会如何？”

掌舵的船夫说：“我常年在海上航行，来来往往，从未曾遇见过如此可怕的情景。即使船身幸而不被击沉，我人身也会被雷电击毙的吧。即使幸得神佛保佑，船不沉没，人也不会死去，可是我这艘船终将被刮到南海之中。唉！想不到我遇上了如此古怪的雇主，看来我必死于非命了！”说罢，哭了起来。大纳言听了他这番话后，说道：

“乘船的时候，舵手的话是最可靠的，你为什么说出这种不可靠的话来呢？”说罢，身不由己地呕吐起来，吐出来的全是脏东西。

舵手回答说：“我又不是神佛，无能为力，有什么办法呢？我虽常年经受风吹浪打，习以为常，但此雷电轰鸣，一定是你企图杀龙神招惹来的。这场风暴，一定是龙神掀起的。你赶紧向神祷告吧！”

大纳言听罢，立即回应说：“你说得有道理。”接着大声祷告说：“掌舵神灵在

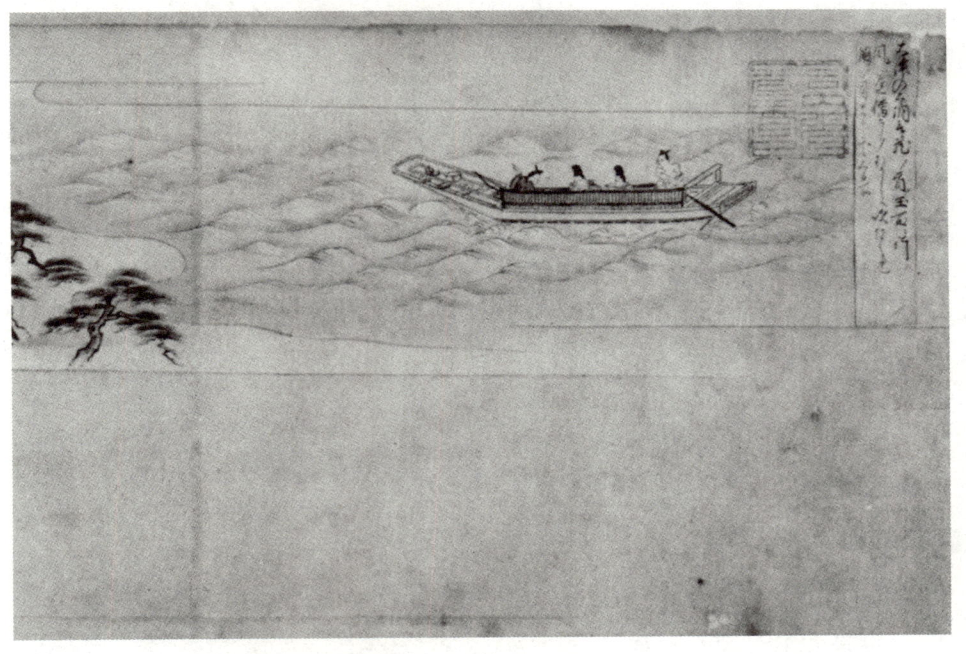

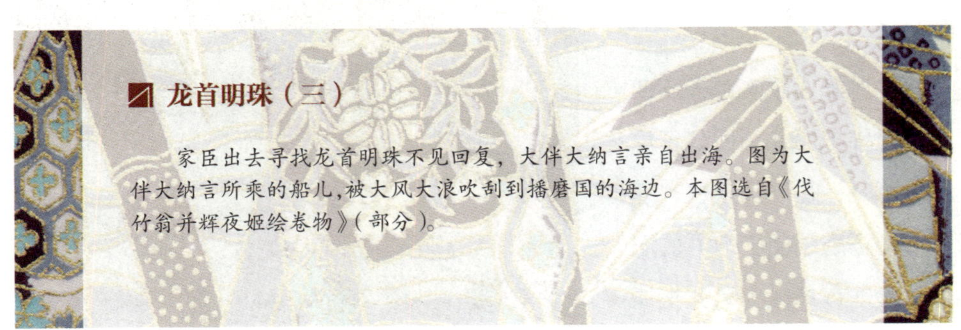

龙首明珠（三）

家臣出去寻找龙首明珠不见回复，大伴大纳言亲自出海。图为大伴大纳言所乘的船儿，被大风大浪吹刮到播磨国的海边。本图选自《伐竹翁并辉夜姬绘卷物》（部分）。

上，请听我祈祷，我行事卤莽，不知天高地厚，竟敢企图杀害神龙。从今以后，再也不敢动神体一根毫毛，恳请饶恕，诚惶诚恐。”他嘴里念念有词，时而站立，时而坐下，时而哭泣，念了上千遍的祷告词。也许因此而奏效，只见雷鸣逐渐平息。天色渐渐明亮起来，但风依然猛烈地吹刮着。

舵手说：“如此看来，刚才的那场风暴，正是龙神折腾起来的，现在的风，是好方向的顺风，而不是逆风。我们可以乘此顺风回家乡了。”可是大纳言却不听从他的话。

这风暴连续吹刮了三四天，仿佛把船儿刮回到了原地。可是，往岸上望去，那里却是播磨国明石地方的海岸。大纳言却以为风儿把船

吹刮到了南海的海岸边。他害怕证实自己的绝望，躺倒在船里了。他带来的两个随身侍从，便上岸去报告当地的衙门。衙门里特地遣人前来慰问。可是，大纳言却支不起身子，只顾躺在船底。他们无奈，只好在海滨松树丛生的平原上，铺了一张席子，让他躺卧在席子上。这时，大纳言才知道这里不是南海之岛。他勉勉强强地坐起身来，看样子是身受风寒患了重病，只见他腹部肿胀，双眼肿得活像两颗李子，派来的播磨守看了，都忍俊不禁。

大纳言旋即命衙门里的人为他备轿，将他抬回家中。此前他派去寻找龙首明珠的家臣们，不知从哪里得知此信息，现在一个个又都回来了，他们对他说道："我们因为取不到龙首明珠，所以都不敢回来，如今大人自己已了解此物确实难以寻到，想必不会责罚我们，于是我们就回来了。"

大纳言坐起身来，对他们说道："多亏你们取不到龙首明珠，要知道龙是与雷神同类的。我命令你等去取龙首明珠，犹如要杀害你们。何况你们如果真的抓住了这条龙，恐怕我也早就丧命了。幸亏你们没有把龙捉住。我想这大概都是辉

夜姬这个大恶人企图杀害我们而巧设的计谋吧。我今后再也不在她家附近徘徊，你们也不要到她那里去了。”说罢，他将家中剩下的一些物件，赏给没有取到龙首明珠的家臣们。

以前被休了的妻妾听到此消息后，几乎笑破了肚皮。新建房屋顶上装饰的五彩带子，也都被老鹰、乌鸦叼去筑巢了。

于是世人纷纷议论，有的说：“听说大伴大纳言去取龙首明珠了！”

有的说：“哪儿呀！岂止取不到明珠，他双眼上还添了两颗李子呐。”

还有的说：“实在吃不消啊！”

从此以后，世间把但凡做一些违心之事，就叫作“实在吃不消啊！”

第六回

燕子的安产贝

中纳言石上麻吕对家中仆人们说："燕子筑巢时，你们就来向我禀告。"

仆人们问道："大人要做什么呢？"

主人答曰："我要取燕子的安产贝。"

仆人们说："我们看见过有人杀过许多燕子，但燕子的肚子里没有这种东西。也许燕子产卵的时候，说不定会生出这种东西来。可是，怎样才能拿到手呢？"

有的仆人说："燕子一看见人，就飞了呀！"

还有的仆人说："宫内省管辖下掌管谷米杂粮的衙门内，那炊事屋的栋梁交接处，就有燕子筑巢，可领一些忠实的男仆，在那里搭起脚手架守候着，那里有许多燕子，说不定会有几只产卵，就可趁机夺取安产贝。"

中纳言听罢，高兴地说道："这主意很有意思。此前还没有人提过这种建议，这是个好主意。"于是，他挑选了二十个忠实的男仆，在那里搭起脚手架，并叫

他们爬上去守候。中纳言还不断派人去探问:“拿到安产贝了吗?”

然而,燕子看见这么多人爬上来,都吓得飞走了,再没有燕子来筑巢了。有人将情况禀报给了中纳言。中纳言听了,不知怎么办才好,心中甚是烦恼。

这时候,一个名叫仓津麻吕的掌管谷粮的老官人走了过来,对中纳言的仆人们说:“府上大人要取安产贝,我倒有一个办法。”仆人们禀报了中纳言,中纳言便召见了这位老翁,亲切地同他密谈。仓津麻吕说:“要取燕子的安产贝,用这种非高明的办法是取不到的。二十个人这样声势浩大地聚集在脚手架上等候,那些燕子见了,都吓飞了,哪还敢来。应该把脚手架拆掉,叫这些人都下来。然后挑选一个精干的男子,叫他坐在一只大篮子里,篮子上系紧缆绳,用滑车挂在房梁上。燕子飞来产卵期间,就连忙拉缆绳将篮子吊上去。这男子即可迅速将安产贝拿过来,这样一定可以成功。”

中纳言说:“这的确是个好办法。”于是,便让人把脚手架拆掉,把派去的那些人都叫了回来。

中纳言问仓津麻吕:“怎么才能知道燕子何时产卵,再把人吊上去呢?”

仓津麻吕答道:“燕子要产卵时,尾巴必向上翘,翘七次,卵就产下来了。看到它第七次翘尾巴时,把篮子吊上去,就可取到安产贝了。”

中纳言听罢,十分高兴,便悄悄地走进衙门,混在仆人当中,不分昼夜地督促那人去取安产贝。与此同时,还大大奖赏了仓津麻吕。中纳言对仓津麻吕说:“你虽然不是我家的人,却很称我心,真令我高兴。”说着把自己身上的衣服脱了下来,赏赐给仓津麻吕,并对他说:“今日夜里,你务必再到衙门里来。”就先让仓津麻吕回去了。

日暮时分,中纳言来到衙门里,看见燕子果然在筑巢。而且正如仓津麻吕所说的那样,燕子的尾巴向上翘着。他旋即叫人坐在大篮子里,把篮子吊上去,并叫那人伸手到燕巢里去搜索。那人搜索了片刻，说道："什么也没有摸着。"

中纳言恼火了，说道："这是因为你不会搜索。"他觉得惟有自己才最认真，于是说道："还是我亲自上去搜索吧！"说罢，他坐在大篮子里，被吊了上去。

燕子的安产贝（一）

石上中纳言在嘱咐仆人去取燕子的安产贝时，一个掌管谷粮的老官人前来献策，让人坐在大篮子里，用滑车挂在房梁上，燕子飞来产卵时就可迅速将安产贝拿过来。图为老官人手指屋顶房梁，在向石上中纳言献策。本图选自《伐竹翁并辉夜姬绘卷物》（部分）。

他向燕巢探视，只见燕子正在向上翘尾巴，他当即伸手到燕巢里去搜索，摸着了一块扁平的东西，便叫道："我摸着东西了，快把我放下，仓津麻吕！有了，有了！"

人们聚拢过来，赶紧把篮子放下来，不料牵引过分用力，那绳索被拉扯断了，篮子里的中纳言摔了下来，正好脸朝天，落在一具八脚的大鼎上。人们大吃一惊，赶紧跑了过去，抱起中纳言。只见他两眼翻白，僵直不动了。人们赶紧往他的嘴

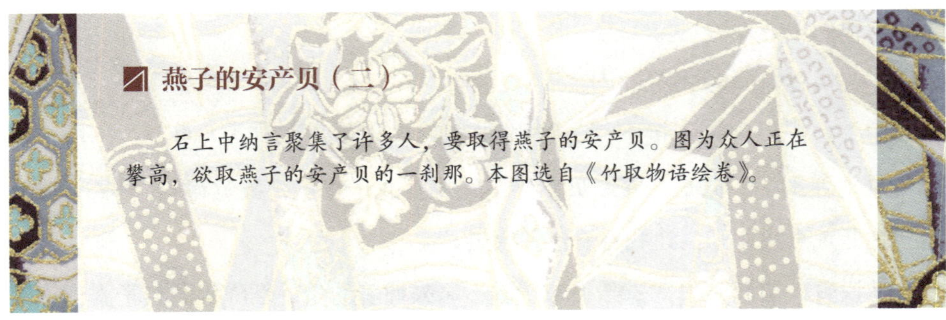

燕子的安产贝（二）

石上中纳言聚集了许多人，要取得燕子的安产贝。图为众人正在攀高，欲取燕子的安产贝的一刹那。本图选自《竹取物语绘卷》。

里灌水，良久，他好不容易才苏醒了过来。人们拉手抬脚地又把他从鼎上抬了下来。家臣问道：

“大人，现在您觉得怎么样？”

中纳言已经上气不接下气，勉强回答道：“现在总算稍省人事了，不过，腰部还是动弹不了。但是，安产贝已牢牢地握在我手里了，我觉得很高兴。首先，赶快把脂烛点燃起来，让我看看这件宝贝。”

他说着，抬起头来，张开手来一看，原来握着的是一堆陈年的燕子粪！中纳言叫道："唉！白费力气啦。"

从此以后，但凡干了事与愿违之事，就叫作"白费力气"。

中纳言看到这不是安产贝，当然不能装在中国古式盒子里送给辉夜姬，自己又折断了腰，心情非常沮丧。他生怕以这种孩子游戏般的行为来解决求婚问题的

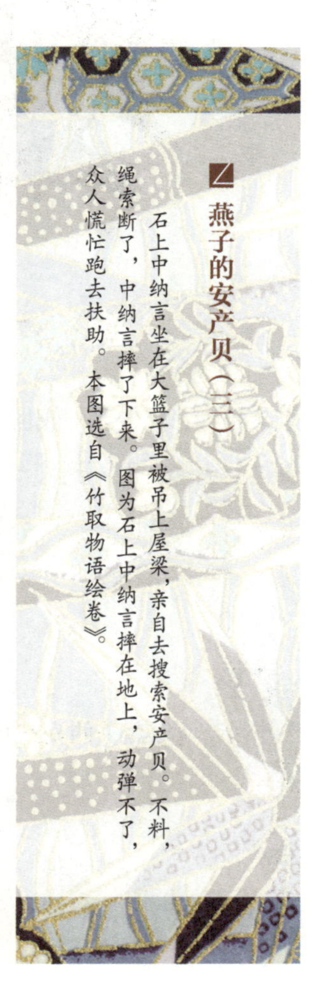

燕子的安产贝（三）

石上中纳言坐在大篮子里被吊上屋梁，亲自去搜索安产贝。不料，绳索断了，中纳言摔了下来。图为石上中纳言摔在地上，动弹不了，众人慌忙跑去扶助。本图选自《竹取物语绘卷》。

愚蠢行为，流传到一般世人的耳朵里，于是悔恨不已。然而，越悔恨，病情越重，身体越衰弱。取不到安产贝还在其次，被世人耻笑这才真是莫大的耻辱。这种耻辱感与日俱增，这比一般患病死亡更加丢人。

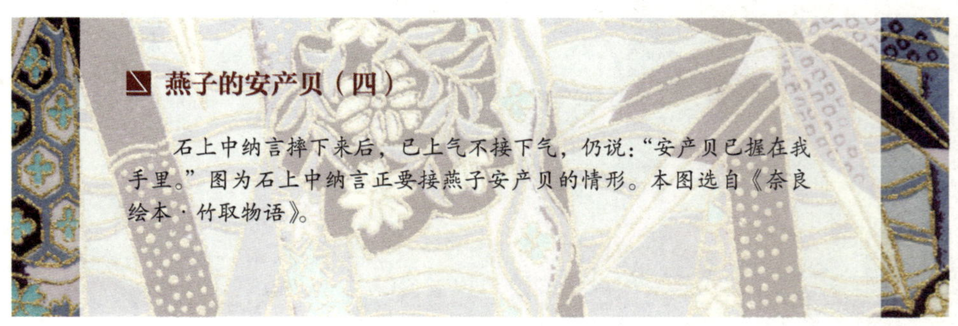

燕子的安产贝（四）

石上中纳言摔下来后，已上气不接下气，仍说："安产贝已握在我手里。"图为石上中纳言正要接燕子安产贝的情形。本图选自《奈良绘本·竹取物语》。

辉夜姬闻知此消息，作慰问歌一首，歌曰：

浪迹住江无音信，
取宝不成是否真。

家人把这首歌念给中纳言听，中纳言病体虚弱得已毫无力气，但还是抬起头来，让家人笔墨伺候，带着痛苦的心情，好不容易才写成答歌一首，歌曰：

取宝不成喜得歌，
救命良药莫过君。

他写完这首歌，就断气了。辉夜姬闻知此消息，觉得此人怪可怜的。稍觉可喜的是，他弥留之际说了“喜得歌”，“值得”！

第七回

飞翔的燕子

图为朱漆盒上的燕子图，其表情丰富，姿态各异。创作源于《竹取物语》的燕子安产贝的故事。

天皇外出狩猎

话说天皇听闻辉夜姬的美貌举世无双，一天，他对内侍中臣女官房子说：“听说有个名叫辉夜姬的女子，对爱慕她的男子都视为仇敌，决不下嫁。你去看看，究竟是怎样的一个女子。”

房子奉旨退出皇宫，来到伐竹翁家里，伐竹翁恭敬地相迎。内侍女官房子对老妪说：“天皇说，你家的辉夜姬容貌优美，特地令我前来看看。”

老妪说：“那样的话，让我就去对她说。”旋即走进内室，对辉夜姬说：

“好孩子，赶快出去与天皇的使者照照面！”

辉夜姬答道：“我长得并不美，怎么可以出去会见天皇的使者呢？”

老妪说：“瞧你说这话，好生无礼呀！对天皇的使者，难道可以怠慢吗？”

辉夜姬回答道：“我这样说，并没有得罪天皇呀。”她毫无要会见使者的意思。

老妪心想，这孩子是我一手抚育长大的，我平素如同亲生女儿一样地呵护她，可是如今她竟满不在乎地出言顶撞我。老妪想责备她，却又于心不忍。

于是，老妪折回外间对使者女官说：“实在遗憾，我家姑娘还是个不懂事的孩子，脾气倔强，怎么也不肯出来相见呢。”

使者女官严词责备说：“但是，天皇有口谕，要我一定来看看。我如果看不到她，是无法回去交差的。在这国土内的臣民，难道可以不听从天皇的口谕吗？你们的话太没道理了。”

但是，辉夜姬听了这番话，非但坚决不听从，还回应说：“如果说我违背了天皇的口谕，那就请他立即把我杀了吧！”

这位使者女官也无可奈何，只得回宫启奏天皇。天皇听罢说：“这样的心肠，是可以杀死许多人的！”当时作罢，不再追究。可是，事后又想：“难道朕要输

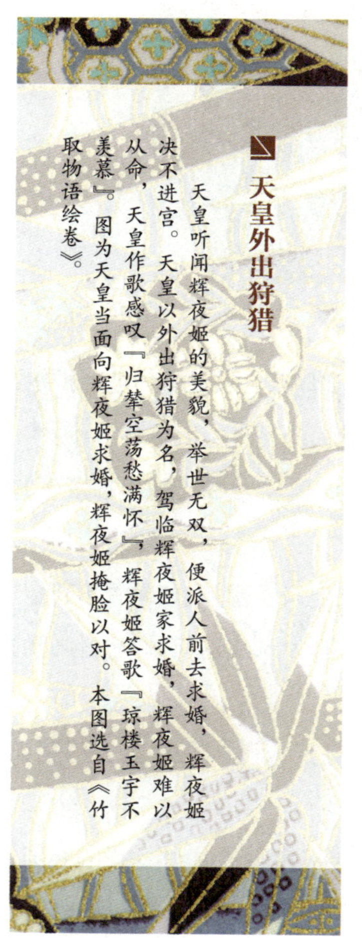

天皇外出狩猎

天皇听闻辉夜姬的美貌，举世无双，便派人前去求婚，辉夜姬决不进宫。天皇以外出狩猎为名，驾临辉夜姬家求婚，辉夜姬难以从命，天皇作歌感叹『归辇空荡愁满怀』，辉夜姬答歌『琼楼玉宇不美慕』。图为天皇当面向辉夜姬求婚，辉夜姬掩脸以对。本图选自《竹取物语绘卷》。

给这个脾气倔强的女子吗？”于是，一天，天皇召伐竹翁前来觐见，并对他说道：

“把你家的辉夜姬送到这里来！听说她长得非常美丽，朕曾派使者前往看她，结果却是徒劳，她拒绝不见，如此无礼的行为能宽恕吗？”

伐竹翁诚惶诚恐回禀道：“这女孩子，恐怕是不肯进宫的。小人实在是无可奈何。不过，且让小人回去再规劝吧。”

天皇听罢，说道：“这女孩是你一手抚育长大的，难道你就不能做主吗？如果你把这女子送进宫来，朕封你一个五位官爵。”

伐竹翁兴高采烈地回到家里，好生规劝辉夜姬，他说道：“天皇对我这样说，难道你还不答应吗？”

辉夜姬回答道：“无论如何，我决不进宫侍候，如果再要强迫我，我就要销声匿迹了。你盼我进宫侍候，以便加官进爵，那我就一死了之。”

伐竹翁软下心来，说道：“千万不要这样做，我怎能为了加官进爵，而让我的孩子去死呢，这成什么体统。可是，你为什么那样厌恶进宫侍候，何必非要去死不可呢？”

辉夜姬答道：“如果你还以为我是在诓骗你，那你就把我送进宫侍候，看看我究竟会不会死去。此前有许多人真心诚意、长年累月地追求我，我都让他们的愿望成为泡影。天皇的口谕，这才几天的事，如果我答应了，岂不让天下人耻笑。”

伐竹翁回答道：“天下之事再怎么大，也没有你的生命危险大。那么，让我再次进宫向天皇启奏，说你不肯进宫侍候便是。”

于是，伐竹翁再次进宫，启奏天皇说：“上次陛下赐谕，小人万分感激，遂立即回家规劝小女进宫侍侯。岂料这女孩说：‘若要我进宫，我宁愿死。’这孩子原本就不是造麻吕我亲生的，是我在深山中发现的，她的秉性非同凡人。”

天皇听了说道：“造麻吕，你家就在山脚下吧，让朕到山中狩猎，然后闯入

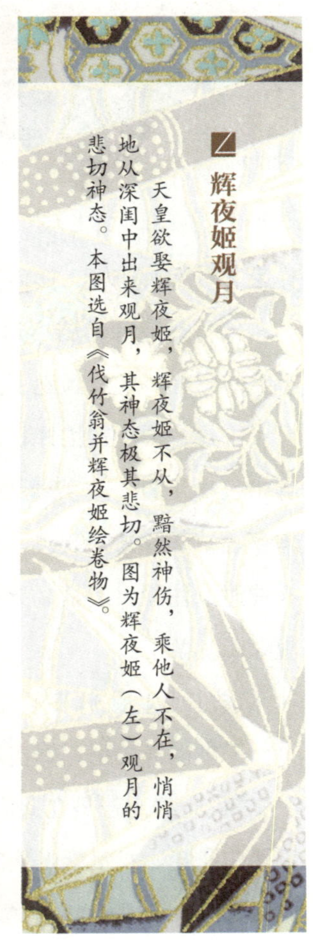

辉夜姬观月

天皇欲娶辉夜姬，辉夜姬不从，黯然神伤，乘他人不在，悄悄地从深闺中出来观月，其神态极其悲切。图为辉夜姬（左）观月的悲切神态。本图选自《伐竹翁并辉夜姬绘卷物》。

你家去看看辉夜姬，如何？”

伐竹翁造麻吕启奏道：“这是绝好的主意。当她悠闲地坐在家里的时候，陛下突然驾临，便看到她了。”

于是，天皇连忙择日，外出山中狩猎。天皇驾临辉夜姬家，只见在四射的光辉中，端坐着一个美若天仙的女子。天皇心想：“正是此人了。”便向她走过去。辉夜姬站起身来，欲逃至内室，天皇走上前去，一把拽住她的衣袖。她用另一只衣袖遮掩住脸。但是，天皇已经清楚地看到了她的容颜，并为她那举世无双的美貌魂牵梦萦了。

“放开我！”辉夜姬说。

天皇岂肯放手，辉夜姬启奏道：

“我此身，若是在此国诞生，自当侍候陛下，可是我不是这国土上的人，天皇硬拉我走，我是难以从命的。”

天皇说：“哪有这种道理，朕还是要带你走。”

天皇令人将辇拉过来，企图把辉夜姬拉到辇中。说也奇怪，此时，辉夜姬的身影忽然消失了。天皇想：“期望落空，实在遗憾呀。”又想：“她果真如伐竹翁所说，并非一般凡人。”于是，说道：

“那么，朕就不带你走了。你快快现身，让朕再看上一眼，然后朕就回去。”

于是，辉夜姬就现出了原形。

天皇越看越神魂颠倒，难以压抑住对她热烈的恋慕之情，然而却无可奈何。天皇感谢伐竹翁造麻吕让他看到了辉夜姬，高兴地褒奖了他。

于是，伐竹翁欣喜地举办了盛大的飨宴，招待天皇的随从百官。天皇留下辉夜姬，自行回宫去，心中实在恋恋不舍，深感遗憾，身虽离开，心却依然留在辉夜姬身边。他登上辇后，作歌一首赠辉夜姬，歌曰：

归辇空荡愁满怀，
只因姬君不理睬。

辉夜姬答歌，曰：

蓬门荜户乐长住，
琼楼玉宇不羡慕。

天皇看了这首歌，顿觉指望落空，越发不想回去。然而，又不容犯忌在外过夜，无可奈何，只好起驾回宫。

从此以后，天皇觉得常年侍奉在他左右的女子们，简直无法与辉夜姬媲美，即使女官中号称美人者，与辉夜姬相比，也黯然失色。天皇心系辉夜姬，朝朝暮暮只顾独居一处，非不得已也不愿驾临皇后或女官房中。他常给辉夜姬写信，倾吐衷肠。辉夜姬也写了热情的回信。此后，随着四季变迁，天皇对花卉草木的变化，有感而发吟咏的歌，都一一差人送给辉夜姬。

第八回

天之羽衣

这样，天皇与辉夜姬彼此通信，互相交心传情，不觉已过三年。某个早春之夜，辉夜姬观赏月色之美，异乎寻常地突然陷入沉思。家人规劝说：

“观看月亮的脸儿，是忌讳的。”

可是，辉夜姬不听从，乘人不在之时，又去观看月亮，并且哭得很是伤心。

七月十五之夜，辉夜姬从深闺中出来观月，她的神态极其悲切，她身边的家人看见了，就去告诉伐竹翁说：

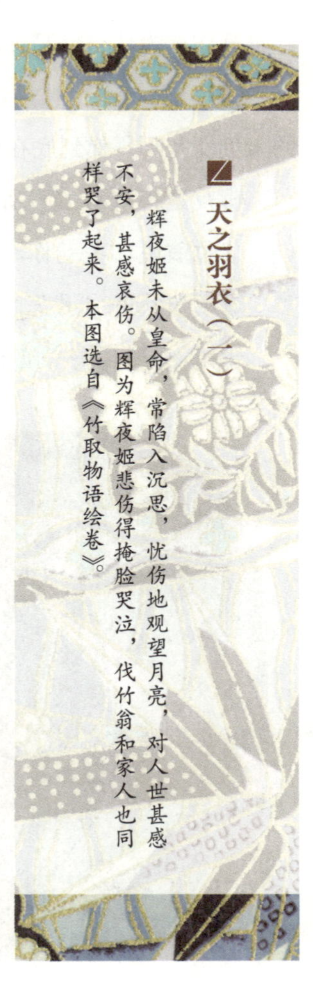

天之羽衣（一）

辉夜姬未从皇命，常陷入沉思，忧伤地观望月亮，对人世甚感不安，甚感哀伤。图为辉夜姬悲伤得掩脸哭泣，伐竹翁和家人也同样哭了起来。本图选自《竹取物语绘卷》。

“辉夜姬平常总愿意对着月亮悲伤，最近的样子更加非同寻常，常常陷入沉思，深深地哀叹。应该多加注意啊！”

伐竹翁听罢，便对辉夜姬说：“你究竟有什么心事，竟如此陷入沉思，忧伤地观看月亮？你的境遇很如意美满嘛。”

辉夜姬答道：“不知怎的，我只要观看月亮，就不由地对这人世间甚感不安、甚感哀伤。为什么会叹息，没什么可叹息的啊！”

却说有一天，伐竹翁走进辉夜姬的房间里，看见她又陷入沉思，不禁说道：“我的宝贝女儿呀！你到底在想什么？你所想的究竟是什么？”

辉夜姬答道：“我没有在想什么，只是觉得内心一阵莫名的不安。”

伐竹翁说：“我劝你不要看月亮了，你看月亮，就露出一副沉思冥想的神色。”

辉夜姬答道：“我怎能不看月亮呢？”

于是，只要月亮一出来，辉夜姬照旧端坐在廊道前叹息，陷入沉思。说也奇怪，没有月亮的夜晚，辉夜姬没有露出沉思冥想的神色。有月亮的夜晚，她总是叹息、沉思、乃至哭泣。丫鬟们看见这番情景，就悄悄议论说：

“她肯定还是在担心什么事。”

辉夜姬的双亲和家人，都毫无所知。

临近八月十五的一天晚上，月亮出来了，辉夜姬又端坐在廊道上，伤心地痛哭了起来。她竟

不顾旁人在场，哭得甚是悲切。双亲见此情状，都吓坏了，连忙问她：

“为了何事？”

辉夜姬抽泣着答道：“我老早以前就想告诉你们了。只是担心我说了，您二老势必伤心欲绝，因此迟至今日没有说出来。然而总不能永远拖下去，现在不得不把全部情况告诉你们了。我本不是这世间的人，而是月宫中的人，由于前世某种缘分，被遣到这人世间来。现在已经到了该回去的时候了。这个月的十五日，我故国的人将要来迎接我。这是非去不可的。此事会使你们悲叹、伤心，我也觉得难过。从今年春天开始，我就独自烦恼、沉思、叹息。”说罢，放声痛哭了起来。

伐竹翁听了这番话，说道：“这到底是怎么一回事！你原本是我在竹林中发现的。那时你只有油菜子一般大，我把你抚养成和我一般的高，现在究竟是谁要来迎接我的孩儿啊？这是绝对不可以的！”说着，他嚎啕大哭起来。接着又说：“还不如让我先死去吧！”此情此景，实在是不胜其悲啊。

辉夜姬说：“我是月宫中的人，那里有我的父母，我从月宫到这国土里来，

天之羽衣（二）

天皇闻月宫将派人前来迎接辉夜姬，应伐竹翁的请求，派出御林大军，到辉夜姬家，严加把守，以阻止辉夜姬升天。图为御林大军个个手持弓箭守护辉夜姬。伐竹翁火冒三丈，指着月亮痛斥月宫中的人。本图选自《竹取物语绘卷》。

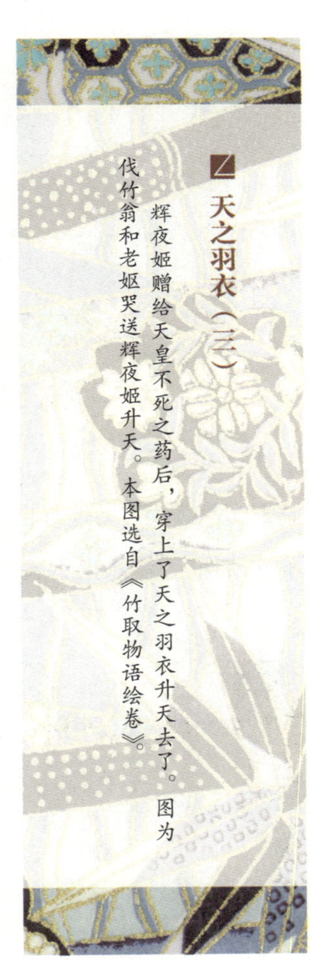

天之羽衣（三）

辉夜姬赠给天皇不死之药后，穿上了天之羽衣升天去了。图为伐竹翁和老妪哭送辉夜姬升天。本图选自《竹取物语绘卷》。

原本只打算作短暂的停留，但是终究还是呆了好几年。我对月宫中的父母并不怎么思念，倒是觉得在这里呆惯了，可亲可爱。我对回月宫一事，并不感到特别高兴，只是觉得悲伤，我实属出于无奈，不得不离开的呀！”

辉夜姬说罢，与伐竹翁和老妪一起抱头痛哭。几个长期相伴辉夜姬的女仆，回想起这位姑娘人品高尚，心地善良，令人肃然起敬，如今听说就要分别了，不免依依不舍，不胜悲伤，连滴水也不欲进食了。她们与伐竹翁和老妪一样，相对而泣，悲叹不已。

天心不随人意

天皇派许多御林军守护辉夜姬家房屋的内外上下，以阻止月宫的人来迎接辉夜姬。子夜，天上降下了四射的光辉，天人让辉夜姬穿上天之羽衣便升天了。图为在屋顶上的士兵们，望着已消失在光辉之中的辉夜姬而惊慌失措的情况。本图选自中村岳陵绘《竹取物语》。

且说，天皇闻知此事，即派使者到伐竹翁家来探问。伐竹翁出来迎接使者，只顾悲伤、痛哭。伐竹翁为此事过度忧伤，以至须发变白了，背驼了，双眼也红肿溃烂了。在使者看来，他大概是由于过度悲伤，劳心伤神，以致忽然变老了。使者向伐竹翁传达了天皇的口谕：

"天皇问：'听闻近来辉夜姬常常陷入沉思，伤心悲痛，是真的吗？'"

伐竹翁抽泣着回答道："承蒙天皇挂心，不胜惶恐。本月十五日，月宫将派人前来迎接辉夜姬。我想恳请天皇于本月十五日派兵前来，如果月宫的人来了，就把他们逮捕起来，不知是否可行？"

使者回宫，据实将伐竹翁的情况和他的恳求，都启奏了天皇。天皇听罢，说道："我只见过辉夜姬一面，至今尚且难以忘怀，何况老翁与辉夜姬朝夕和睦相处，如果辉夜姬被人接走了，叫他如何受得了啊！"

到了八月十五日这天，天皇任命中将高野大国为钦差大臣，命令各御林军选出六个大军共二千人，由钦差大臣率领，开拔到伐竹翁家。大军一到伐竹翁家，便部署千人在地上，千人在屋顶上，再加上伐竹翁家的众多家丁，分别把守各个角落，做到滴水不漏，让对方无空子可钻。这些担当守卫者，一个个手持弓箭。室内则由女仆们值班，严加把守。

老妪则紧抱住辉夜姬，躲在围着像仓库般厚泥墙的房间里，伐竹翁把房门锁上，站在房门前守护。伐竹翁说：

“这地方如此严密把守，岂能输给天上人。”接着，又对屋顶上的士兵说：“你们如果看见空中有任何飞行物，哪怕是一星半点，都要立即射杀勿论。”

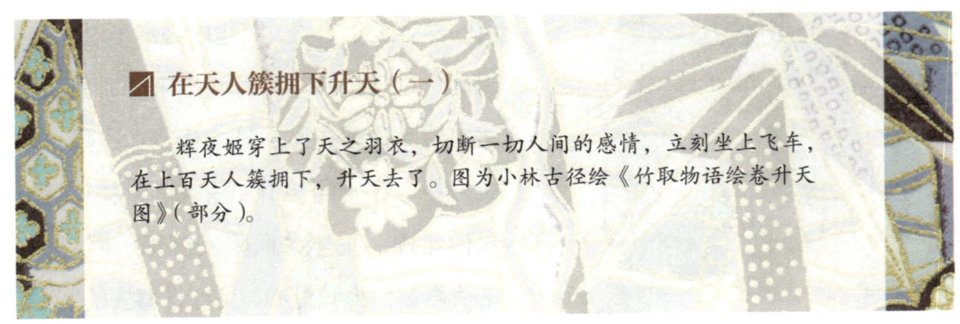

在天人簇拥下升天（一）

辉夜姬穿上了天之羽衣，切断一切人间的感情，立刻坐上飞车，在上百天人簇拥下，升天去了。图为小林古径绘《竹取物语绘卷升天图》（部分）。

守卫的士兵们说：“如此严密把守，就连一只小蚊子也难飞过，我们会立即射杀，曝尸。”

伐竹翁听闻此言，确信万无一失了。

然而，辉夜姬听闻此言，却说道：

“无论关闭得多么严实，守卫得多么充分，这些对月宫的人来说，是毫无作用的。用弓箭是射不中他们的，即使如此紧锁密闭也无济于事，月宫的人一到，锁自然会立即开启。这里的士兵纵然勇猛善战，但一遇见月宫里的人，那股勇猛善战的气势，就会立即烟消云散，变得毫无作为了。”

伐竹翁火冒三丈，说道：

“等月宫里的人前来迎接，我就用我的长指甲剜出他们的眼球，揪住他们的头发，让他们倒栽葱，然后扒下他们的裤子，让他们当众出丑。”

辉夜姬说：“您不要那样大声说话，让屋顶上的武士们听见了，多么难为情。我辜负了你们长期以来的抚育之恩，行将归去，实是遗憾万分。由于前世的缘分，我得以在这里居住了一段时间，每当想到不久即将离去，心中不胜悲伤。我一想到双亲的养育之恩未报，归途中必定不堪痛苦。因此，近日来，每当月亮出来的时候，我就走到廊道前祈愿，恳求让我在这里再多住一年，哪怕至少让我呆到年底。然而，未得允许，我才如此陷入沉思、叹息的。这使得你们为我揪心，我行将离去的悲伤，

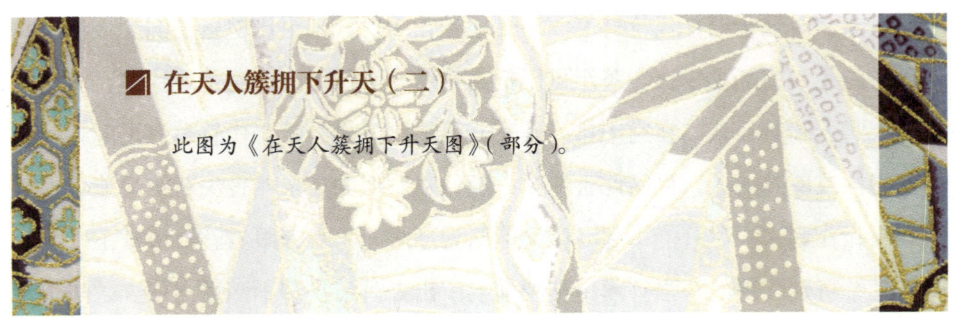

在天人簇拥下升天（二）

此图为《在天人簇拥下升天图》（部分）。

实在是难以忍受。月宫中的人都非常美丽，又不会衰老，还无忧无虑。我不久将要到那里去，可是我丝毫不感到快乐。倒是快要离开您两位年迈体弱的亲人，我觉得非常悲伤，恋恋不舍啊！”说罢，已热泪盈眶了。

伐竹翁说：“不要说这些令人伤心断肠的话了，无论多么美丽的人来迎接你，你都不必担心。”伐竹翁妒恨月宫中的人。

良久，时近子夜，伐竹翁家四周蓦地光芒四射，甚至比白昼还明亮，这光辉比满月的亮光更亮上十倍，甚至可以把人的毛孔都照得一清二楚。这时，只见月宫的人腾云驾雾而来，在空中排列开来，离地仅五尺光景。伐竹翁家里的人，无论是屋内或屋外的人，目睹此番情景，都像着魔似的，全然丧失对抗的能力，好不容易振作起来，尽管能举起弓箭，但胳膊却毫无力气，眼看就要瘫软下来。其中有几个特别强悍的，强打起精神把箭射了出去，箭头却不知射向何方。战士全

在天人簇拥下升天（三）

图为天人簇拥着坐在飞车上的辉夜姬，正在升天。伐竹翁和老妪坐在屋里掩面哭泣。本图选自《伐竹翁并辉夜姬绘卷物》（部分）。

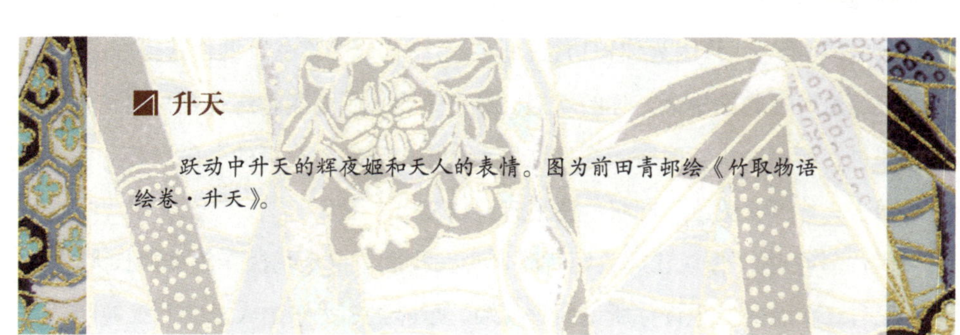

升天

跃动中升天的辉夜姬和天人的表情。图为前田青邨绘《竹取物语绘卷·升天》。

然丧失了战斗力，一个个只觉浑浑噩噩，相互顾盼，默默无言。

这时候，只见离地五尺，当空排列的人们，装束绮丽，容貌端庄，无与伦比。他们带来一辆飞车，车顶上张着绫罗盖面。这些天人之中有一个王者模样的人，向家中喊道：

“造麻吕！快到这里来。”

刚才还神气活现的造麻吕，此刻却像喝醉了酒，伏地而行，拜倒在地上了。天人对他说道：

“你好幼稚啊！只因为你积功德，所以造就你成为富翁，助你获得许多黄金，让辉夜姬暂时在你家生活，你的境遇已经整个改换了面貌。辉夜姬只因在月宫犯了些罪过，所以命她暂时寄身在你这卑贱之地，现在辉夜姬的罪限已终。我来迎接她回去，你不必哭泣、悲叹。快把辉夜姬交出来吧！”

伐竹翁答道：“你说让辉夜姬暂时寄身在我家，可是我抚养辉夜姬长大成人，至今已有二十余年。也许你所说的辉夜姬，是降生在另一个人家的辉夜姬吧。”

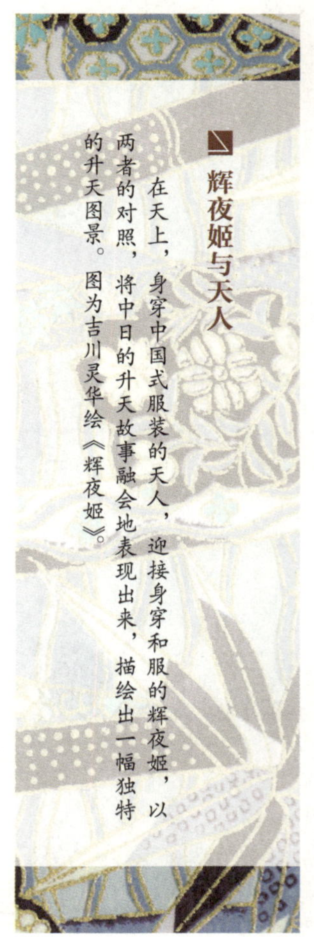

辉夜姬与天人

在天上，身穿中国式服装的天人，迎接身穿和服的辉夜姬，以两者的对照，将中日的升天故事融会地表现出来，描绘出一幅独特的升天图景。图为吉川灵华绘《辉夜姬》。

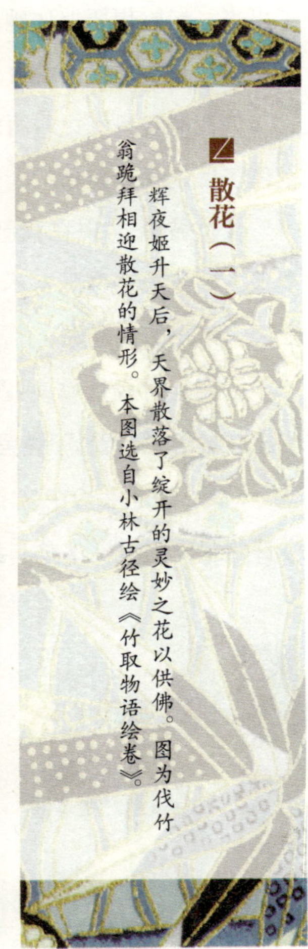

散花（一）

辉夜姬升天后，天界散落了绽开的灵妙之花以供佛。图为伐竹翁跪拜相迎散花的情形。本图选自小林古径绘《竹取物语绘卷》。

伐竹翁接着又说道："啊！我这里的辉夜姬，现在身患重病，决不能出门。"

天人不作答，竟把飞车拉到伐竹翁家的屋顶上，喊道："来！辉夜姬，不要只顾长久居住在这种污秽的地方了！"

这时候，围着像仓库般厚实泥墙的房屋，那上了锁的门，应声自动打开了，格子窗等也都自行敞开了。被老妪紧紧地抱住的辉夜姬，此时也自觉翩翩然地走了出来。老妪想要拽住她，不让她走，但无论如何也拽不住，老妪只有眼巴巴地仰望着，哭泣不已。伐竹翁心乱如麻，无奈地号啕痛哭。

辉夜姬走到伐竹翁面前，对他说道："我纵然不想回去，也不能不回去。现在，就请您目送我升天吧！"

伐竹翁说："现在我已悲痛欲绝，怎么能目送你升天？你抛弃了我这老人而升天，叫我怎么办呢？不如把我也一同带去吧。"说着，哭倒在地。辉夜姬苦恼至极，不知如何是好。

后来她对伐竹翁说："那么，让我写一封信留下来。您想念我的时候，就请拿出这封信来看看。"说罢，潸然泪下，提笔写信。她在信里写道：

"如果我是生长在这个国土里的人，我一定会侍奉双亲直到百年，决不会有今日的悲伤别离。这并非我的本意，实在是遗憾万分！现在我把脱下来的衣服留

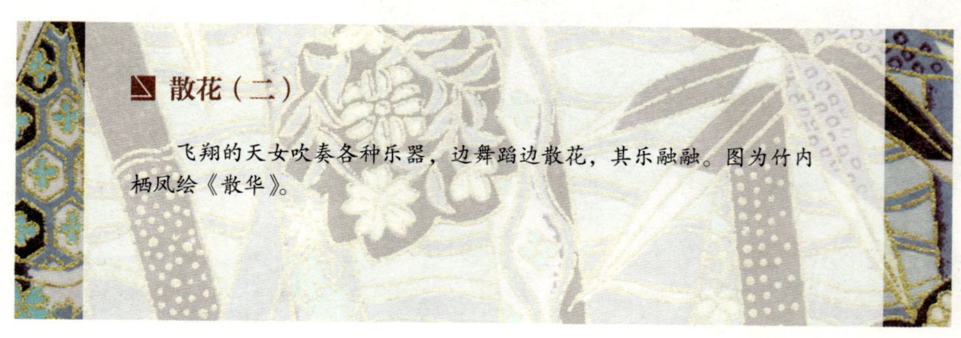

散花（二）

飞翔的天女吹奏各种乐器，边舞蹈边散花，其乐融融。图为竹内栖凤绘《散华》。

下来，作为我的纪念物。此后每逢皓月当空的晚上，请您看看月亮吧。我现在舍弃您而升天，心情宛如整个人从苍穹掉落到地面上一样啊！”她写罢将信放置了下来。

这时，只见一位天人拿着箱子来，一个箱子里装着天之羽衣，另有一个盒子装着不死之药。这位天人说：“这壶中的药送给辉夜姬吃。因为她吃了污秽之地的许多食物，心情定然很坏，吃了这药就可以除却烦恼。”说罢，便把药送给辉

飞天（一）

《竹取物语》的辉夜姬升天故事，源于古来佛典飞天的传说。日本古代佛教绘画、雕塑艺术，很多是以飞天作为主题的。图为《法界寺阿弥陀堂内阵小壁画》（部分）。

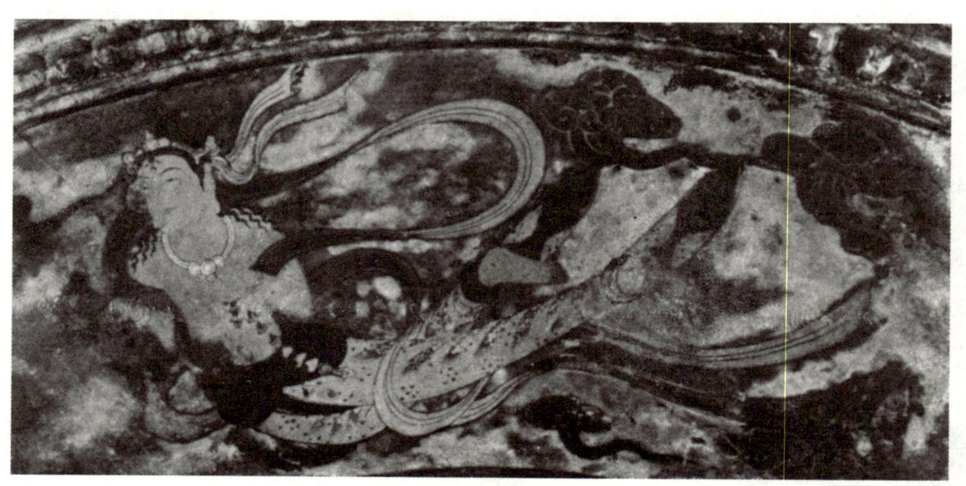

飞天（二）

图为京都市教王护国寺收藏的八体飞天之一，平安时代初期（9世纪）所作，其肉身与天衣的色彩对比鲜明而和谐，代表了平安朝的优美风格。

飞天（三）

图为法隆寺献纳宝物之一《金铜小幡》，是金铜透雕的飞天像。

夜姬。辉夜姬尝了尝，把余下的塞进了她脱下的衣服里，想送给伐竹翁。但那天人加以阻止，立即取出那件天之羽衣来，正要给她穿上。这时，辉夜姬说道：

“请稍等！”又说：“穿上这件衣服的人，心情将会完全改变。现在我还有些话要说呢。”说着，拿起笔来写信。天人等得不耐烦，说道：“时候不早了。”

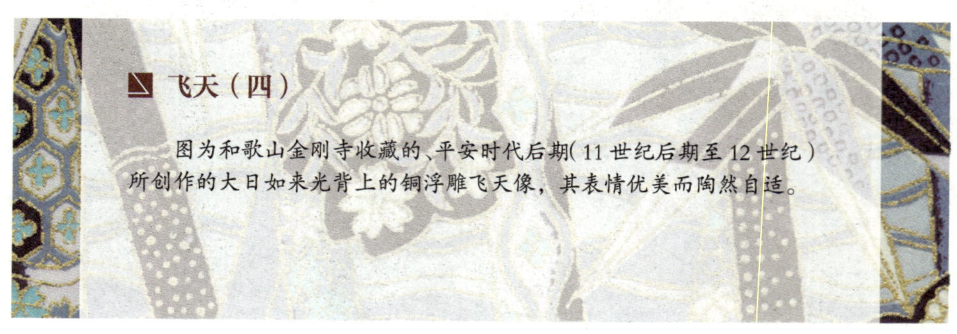

飞天（四）

图为和歌山金刚寺收藏的、平安时代后期（11世纪后期至12世纪）所创作的大日如来光背上的铜浮雕飞天像，其表情优美而陶然自适。

辉夜姬答道：“不要说不近人情的话呀！”便十分文静而又从容地给天皇写信。信中写道：

“承蒙天皇派遣许多人来挽留我升天，但是天心不随人意，定要迎接我回去，实在无可奈何。我深感遗憾，也很悲伤。以前天皇敕令我进宫，我没答应，就是因为我身有如此复杂情节的缘故，所以不顾天皇扫兴，坚决拒绝，实属无礼之至，今日回想起来，不胜惶恐。”最后，附歌一首曰：

身着羽衣升天去，
回忆君王诚可哀。

她在信中添加壶中的不死之药，拟把中将请来，托他转呈天皇。一个天人便拿了信，送交钦差中将代转呈给天皇，中将接受了。与此同时，这天人忽然将天之羽衣让辉夜姬穿上。辉夜姬穿上了天之羽衣，便不再想起伐竹翁的悲叹和伤心之事。因为穿了这件天之羽衣，就会丧失一切人间的感情。辉夜姬立刻坐上飞车，约有上百天人拉着这车子，就此升天去了。

第九回

富士之云烟

此后，伐竹翁、老妪悲叹、伤心得流出血泪，那也白费，也毫无办法了。别人把辉夜姬留下来的信读给伐竹翁听。伐竹翁说："我为什么还要爱惜这条命呢？我们还为谁而活在这世间呢？什么都不需要了。"

伐竹翁病倒了，但他却不肯服药，不久便卧病不起了。

钦差中将率领一班人回到皇宫，他把不能对天人作战和不能挽留辉夜姬的情况，详细地向天皇奏明，并把装有不死之药的壶和辉夜姬致天皇的信函，一并呈上。天皇御览后，非常悲伤，从此不进饮食，废止歌舞、管弦等游兴。

一天，天皇召集公卿、大臣们，询问他们："哪一座山最接近天？" 有人启奏："骏河国的山，离京城最近，而且最接近天。"天皇便作歌一首，曰：

不能再会辉夜姬，
不死灵药有何益。

天皇把这首歌装在辉夜姬送给他的不死之药的壶中，交给一个使者。这敕使名叫调石笠，天皇敕命他将那首歌和那尊壶，带到骏河国那座山的山顶上，将这首歌连同辉夜姬送给他的装着不死之药的壶一起烧毁。调石笠奉了敕命，率领大队人马，登上山顶，奉旨行事。从此以后，这座山就叫作"富士山"。这山顶上喷出来的云烟，直升云霄，至今不止。这就是自古承传下来的故事。

第十回

富士之云烟

辉夜姬升天后，天皇令人将辉夜姬赠送的不死之药，在最接近天的一座山上烧掉，哀叹『不能再会辉夜姬，不死灵药有何益』。图为皇宫中的天皇、天际的富士山，与天界上的天女，构成的天上与人间。本图选自《竹取物语绘卷》。

不死灵药有何益

天皇遭辉夜姬拒婚，悲伤作歌“不能再会辉夜姬，不死灵药有何益”后，敕令使者调石笠，将这首歌和辉夜姬赠送给他的不死之药，带到骏河国一座山顶上一起焚烧。日语“不死”与“富士”谐音，从此此山名叫“富士山”。图为《伐竹翁并辉夜姬绘卷物》。

图片索引

图书在版编目（CIP）数据

竹取物语图典 /（日）无名氏著；叶渭渠主编；唐月梅译. —上海：上海文化出版社，2019.1

（日本古典名著图读书系）

ISBN 978-7-5535-1379-9

Ⅰ. ①竹… Ⅱ. ①无… ②叶… ③唐… Ⅲ. ①民间故事—作品集—日本—古代 Ⅳ. ①I313.73

中国版本图书馆 CIP 数据核字（2018）第 184929 号

出 版 人：姜逸青
策 划 人：贺鹏飞
责任编辑：何智明
特约编辑：苑浩泰　张　莉
装帧设计：灵动视线

书　　名：竹取物语图典
作　　者：（日）无名氏
主　　编：叶渭渠
译　　者：唐月梅
出　　版：上海世纪出版集团　上海文化出版社
地　　址：上海市绍兴路 7 号　200020
发　　行：上海文艺出版社发行中心
　　　　　上海福建中路 193 号　200001　www.ewen.co
印　　刷：北京京都六环印刷厂
开　　本：889 × 1194　1/24
印　　张：$6\frac{1}{3}$
印　　次：2019 年 1 月第一版　2019 年 1 月第一次印刷
国际书号：ISBN 978-7-5535-1379-9 / I.513
定　　价：49.80 元
告 读 者：如发现本书有质量问题请与印刷厂质量科联系　T：010-85376178